Ludwig Alvensleben

Garibaldi, seine Jugend, sein Leben, seine Abenteuer und seine Kriegstaten

Dritte vermehrte Auflage

Ludwig Alvensleben

Garibaldi, seine Jugend, sein Leben, seine Abenteuer und seine Kriegstaten
Dritte vermehrte Auflage

ISBN/EAN: 9783743319820

Hergestellt in Europa, USA, Kanada, Australien, Japan

Cover: Foto ©Raphael Reischuk / pixelio.de

Manufactured and distributed by brebook publishing software
(www.brebook.com)

Ludwig Alvensleben

Garibaldi, seine Jugend, sein Leben, seine Abenteuer und seine Kriegstaten

Garibaldi,

seine Jugend, sein Leben, seine Abenteuer

und

seine Kriegsthaten.

Eine unparteiische Schilderung nach den besten Quellen

von

Ludwig von Alvensleben.

Mit Porträt.

Dritte vermehrte Auflage,
fortgeführt bis auf die neuesten Ereignisse.

Weimar, 1862.
Bernhard Friedrich Voigt.

Vorwort zur dritten Auflage.

Wieder sind die Blicke von ganz Europa auf den Mann gerichtet, von dessen wechselvollem Heldenleben wir in den nachfolgenden Blättern einen kurzen Abriß gegeben haben.

Was wird Garibaldi thun? Die Frage ertönt jetzt von unzähligen Lippen, und wohlberechtigt ist dieselbe, denn nicht ohne Grund steht zu fürchten oder zu hoffen, — je nachdem der Erfolg ausfällt, oder man auf dieser oder jener Seite steht, — daß aus dem Entschlusse, den dieser schlichte Privatmann ausführen wird, die Lösung der Wirrsale entspringt, die aus den Verhältnissen des neuen Königreichs Italien auch auf die übrigen Staaten Europas hervorgehen.

Es kann dieß einen blutigen Bürgerkrieg nach sich ziehen, dessen voraussichtliche Folge das Auseinanderfallen des kaum gebildeten Reiches wäre; — aber der Ernst und die Entschlossenheit des einzigen Mannes, der es wagt, dem Manne des 2ten December so offen und trotzig entgegenzutreten, können möglicherweise auch Napoleon III. bestimmen, den starrsinnigen Nachfolger Petri seinem

Schicksale zu überlassen, und aller Wahrscheinlichkeit nach wäre dann binnen kurzer Zeit ein unblutiges Ende erreicht, oder doch wenigstens der Anfang dieses Endes; denn noch bliebe freilich zur völligen Beantwortung dieser brennenden Frage Venedig übrig.

Wir unseres Theils haben übrigens zu dem wahren Patriotismus Garibaldi's, von dem er schon so viele Beweise durch Mäßigung und Selbstbeherrschung gab, ein zu festes Vertrauen, als daß wir fürchteten, er würde das Geschick, die ganze Zukunft des jungen Königreichs, das zum so großen Theile seine eigene Schöpfung ist, auf einen jedenfalls gefährlichen Wurf setzen.

Wie dem aber auch sei, scheint uns doch jedenfalls dieser Augenblick ganz dazu geeignet, diese dritte Auflage erscheinen zu lassen, deren Bedürfniß sich ohnehin schon fühlbar gemacht hatte; denn ohne Zweifel werden eben jetzt zahlreiche Leser den Wunsch hegen, sich nochmals ein Bild von dem ganzen Leben dieses seltenen Mannes vor Augen zu stellen, und dazu bietet sich kaum eine bessere Gelegenheit, wie durch unsere kleine Schrift.

Einleitung.

Ein Mann, der so vielfach genannt worden ist, und besonders in dem gegenwärtigen Augenblicke wieder genannt wird, wie Garibaldi; — ein Mann, der auf der einen Seite Bewunderung und einen an Fanatismus grenzenden Enthusiasmus erweckt, während sein Name auf der entgegengesetzten Seite nur mit tiefer Erbitterung und den geringschätzigsten, beschimpfendsten Ausdrücken genannt wird; — ein Mann, den die Feinde als einen in jeder Beziehung Verworfenen bezeichnen, ihm alle möglichen Schandthaten nachsagend, während die Freunde sein bürgerliches Leben der höchsten Achtung würdig nennen und ihm in seinem öffentlichen, politisch so bewegten, manchen Zug des Edelmuthes neben unbestreitbarer persönlicher Tapferkeit und hohen militärischen Gaben nachrühmen; — ein solcher Mann ist jedenfalls eine ausgezeichnete, und deßhalb eine höchst interessante Erscheinung für Freund und Feind zugleich, und eine möglichst ausführliche und unparteiische Beschreibung seines bewegten Lebens, wie die nachfolgenden Blätter sie zu geben streben, darf daher ohne Zweifel auf eine allgemeine Theilnahme rechnen, denn sie würde diese auch ohne die politische Rolle verdienen, welche Garibaldi bereits gespielt hat, in diesem Augenblicke wieder spielt und vielleicht schon in naher Zukunft in noch erhöhtem Grade zu spielen berufen ist.

Ich war bemüht, mir über den Helden des Tages der früheren, sowie der gegenwärtigen Freiheitskämpfe Italiens, möglichst viele Quellen zu verschaffen, und aus den oft einander grell widersprechenden Angaben Alles auszuscheiden, was mir als Ausfluß persönlichen Hasses und ungerechter Beschuldigung oder fanatisch-politischer Parteilichkeit und daraus entspringenden übertriebenen Lobes erschien, und danach den Menschen Garibaldi ohne verschönernde Schminke, aber auch ohne besudelnde Kothwürfe, so darzustellen, wie er ist, sein Schwächen, seine Vergehungen, wo er sich derselben wirklich schuldig gemacht hat, nicht beschönigend, aber auch seine bessern Eigenschaften, unter denen eine heldenmüthige Kühnheit und persönliche Tapferkeit obenan steht, nicht absichtlich entstellend, verdächtigend oder herabsetzend.

Die Geburt Garibaldi's.

Am 26. Mai des Jahres 1807 *) herrschte in dem reizenden Nizza reges Leben, lauter Jubel. Das Volk durchströmte die Straßen der Stadt; Alt und Jung hatte seine besten Kleider angelegt; die Brücken, die Quais am Ufer des Meeres waren mit geputzten Menschen aller Stände bedeckt, und auf den glatten, blauen Wogen der See kreuzten zahlreiche Barken, Gondeln, Kähne, kurz, leichtere Fahrzeuge von allen Gattungen und Größen unter ihren entfalteten dreieckigen Segeln hin und her.

Das Ganze gewährte, begünstigt von dem schönsten Wetter und dem heitern, wolkenlosen italienischen Himmel, einen reizenden Anblick.

Offenbar wurde ein Fest begangen, an welchem die ganze Bevölkerung aus vollem Herzen Theil nahm; aber was war dieß für ein Fest? Zeigte doch der Kalender den

---

*) Andere Quellen geben den 14. Juli als den Geburtstag Garibaldi's an, auch den 4., und noch andere endlich einen der ersten Tage des Juni. Es kömmt wohl auf den Tag nicht sonderlich viel an, indeß glaubten wir dennoch, diese Abweichungen hier bezeichnen zu müssen.

Namen der heiligen Beda, einer Heiligen, welcher das Volk von Nizza keine besondere Verehrung widmete, so wenig wir auch geneigt sind, die uns unbekannten Verdienste der heiligen Beda zu bestreiten, leicht möglich sogar Verdienste, welche sie sich selbst mit um die Bevölkerung Nizza's erworben, diese aber mit schwarzer Undankbarkeit im Laufe der Jahrhunderte vergessen hat.

Es war aber kein religiöses Fest, welches Nizza feierte, sondern ein politisches. Es galt dem Jahrestage, an welchem, zwei Jahre zuvor, der Kaiser der Franzosen, Napoleon I., als König von Italien gekrönt worden war, und das Volk erblickte darin eine Befreiung von der verhaßten Fremdherrschaft unter österreichischem Scepter, eine Herrschaft, welche die Italiener schon seit den frühesten Zeiten der deutschen Kaiser nur mit Unwillen und verbissenem Ingrimm ertragen und gegen die sie sich schon oft mit den Waffen in der Hand aufgelehnt hatten, wie die blutigen lange Jahre fortgesetzten Kämpfe der Ghibellinen (kaiserlichen Partei) und der Guelfen (päpstlichen oder italienischen Partei) nur zu deutlich bewiesen haben.

Ob der Jubel der Italiener bei dieser Gelegenheit gerechtfertigt war? Wir glauben kaum, denn sie hatten ihre gehoffte Selbstständigkeit nicht errungen, und die eine Fremdherrschaft nur mit einer andern vertauscht; aber die, welche sie abgeschüttelt hatten, war ihnen seit vielen Menschenaltern verhaßt, während sie den Druck der neuen noch nicht kennen gelernt hatten und der neue Herrscher klug genug gewesen war, ihrer Nationaleitelkeit dadurch zu schmeicheln, daß er seiner Provinz den Namen eines Königreichs Italien beilegte und die eroberten Länder nicht als unterjochte Provinz behandelte, sondern ihnen in der allgemein geachteten und beliebten Person seines Stiefsohnes, Eugen Beauharnais, einen eigenen Vicekönig verlieh.

An dem Morgen dieses Tages allgemeiner Freude und Festlichkeit nun stieß in seinem Boote unter den vielen andern Fahrzeugen, die hinaus auf das Meer fuhren, auch ein angesehener Fischer ab. Es war dieß der Meister Garibaldi, wohlbekannt durch seine Rechtschaffenheit, seine ächt patriarchalischen Sitten und seine glühende Vaterlandsliebe.

Meister Garibaldi war begleitet von seiner Frau und zwei Bootsknechten. Aber seine Fahrt galt heute nicht dem Fischfange; noch wollte er gleich so vielen seiner Mitbürger eine Lustfahrt unternehmen. Er wurde nur hinausgetrieben auf das tückische Element, um eine sonderbare Laune seiner Frau zu befriedigen, welche ihrer Entbindung mit jedem Augenblicke entgegensah und zu dem schwierigen Kampfe durch die Seeluft und den frischen Hauch des über die Wogen hinstreichenden Windes die erforderlichen Kräfte zu gewinnen hoffte.

Ihr Wunsch sollte noch über ihre Erwartung hinaus erfüllt werden, denn während das Boot des Meister Garibaldi weit draußen auf den spiegelglatten Wogen schwebte und näher der Küste die buntbeschmückten Gondeln unter Gesang, Musik und Gelächter ihr lustiges Spiel trieben, erhoben sich plötzlich am Horizonte drohende Gewitterwolken. Voller Schrecken ergriffen die zahlreichen Lustfahrer vor ihnen die Flucht, und auch Meister Garibaldi wendete sein Schifflein dem Ufer zu; allein das Unwetter brauste in so rasender Eile heran, daß er des Aufgebotes seiner vollen Geschicklichkeit und der ganzen Kraft seiner Leute bedurfte, um ungefährdet die Küste zu erreichen.

Als aber das Boot hier anlegte, hatte Giuseppe Garibaldi, der Held unserer Schilderung, bereits das Licht der Welt erblickt.

So schien also die Natur selbst Garibaldi schon durch seine Geburt auf offener See, in einem gebrechlichen Boote, unter Sturm, Ungewitter und Todesgefahr auf der einen Seite, unter nationalem Freiheitsjubel auf der andern zu der Laufbahn der Gefahren, Abenteuer und Freiheitskämpfe berufen zu haben, unter denen er sein ganzes Leben, von der ersten Jugend, wir möchten sagen schon von seiner Kindheit an, zugebracht hat.

Garibaldi's Erziehung und erste Jugend. — Seine erste Heldenthat.

Der kleine Joseph empfing schon von der zartesten Kindheit an die Erziehung eines Fischers nicht nur, sondern auch die eines Schiffers, eines Seemannes.

Am Tage nahm sein Vater den Knaben mit sich hinaus auf das Meer, mit dem er auf diese Weise bald eine innige Vertrautheit erlangte, welche ihm in spätern Jahren sehr zu Statten kam, und nach vollbrachtem Tagewerke unterrichtete sein Vater, der ein schlichter Mann, aber ein practisch erfahrener und nicht unwissender Seemann war, den Knaben in den zu seinem Stande erforderlichen Kenntnissen. Denn der kleine Joseph wurde gleich von seiner Geburt an für den Seedienst seines Vaterlandes bestimmt, dem die Garibaldi's, seit mehren Generationen dem Seemannsstande angehörend, schon manches wackere Mitglied aus ihrer Familie gestellt hatten.

Um aber außer dem theoretischen Unterrichte schon frühzeitig auch den practischen zu genießen, und zwar in einem größern Maßstabe, als dieß auf der kleinen Fischerbarke seines Vaters möglich gewesen wäre, kam Joseph bereits mit 9 Jahren als Schiffsjunge auf die königlich sardinische Kriegsfregatte Casteletto.

Mit dieser kreuzte er in dem mittelländischen Meere, als eines Tages ein starkbemanntes Schiff Marokkos, welches damals noch zu den mit Recht gefürchteten barbareskischen Seeräuberstaaten gehörte, auf das schwächere königliche Kriegsschiff Jagd machte.

Auf das Commando des Capitäns: „Alle Mann an Bord!“ eilte die ganze Mannschaft, entschlossen zu der tapfersten Vertheidigung, auf das Verdeck; vergebens aber wurde nach Giuseppe gefragt, und der Capitän — Tricinano war sein Name — wunderte sich darüber um so mehr, da der Knabe bisher schon mehrfache Beweise des Muthes und der Unerschrockenheit gegeben hatte.

Indeß war in dem jetzigen Augenblicke der Gefahr keine Zeit dazu, nach dem Knaben zu suchen, zumal dessen Theilnahme an dem bevorstehenden Kampfe offenbar von keinem Belange sein konnte.

Ohne sich weiter um den Schiffsjungen zu bekümmern, traf daher der Capitän Tricinano alle Anstälten zu dem tapfern Empfange des Marokkaners, der jetzt schon so nahe herangekommen war, daß er Anstalten traf, die Enterhaken auszuwerfen, um an Bord des Christenschiffes zu springen, dessen Verderben unvermeidlich zu sein schien, denn die wilde, blutdürstige und kampfgewohnte Bemannung des Seeräubers war mindestens doppelt so zahlreich, als die des sardinischen Kriegsschiffes.

Im nächsten Augenblicke mußte der blutige Kampf entbrennen, der wohl kaum anders, als mit dem Tode oder der Sclaverei der sämmtlichen Christen endigen konnte.

Schon trat der Führer der Piraten, ein ausgezeichnet großer, wild aussehender Mann, an die Brüstung seines Schiffes, um seinen Leuten voran der Erste auf der Enterbrücke zu sein, da knallte über den Köpfen der Christen in der Takelage ihres eigenen Schiffes ein Schuß, und von der wohlgezielten Kugel getroffen, stürzte der Führer der Korsaren todt zu Boden, als eben die Enterhaken einschlugen, beide Schiffe fest aneinander kettend.

Erschreckt durch das unerwartete Ereigniß stutzten die Seeräuber, und gleich darauf wollten sie, jetzt ohne Führer und dessen ermunterndes Beispiel, zurückweichen. Aber die Sardinier, welche jetzt von Siegeshoffnung erfüllt waren, ließen ihnen nicht Zeit, die Enterhaken zu heben und sich durch die Flucht zu retten. Wüthend drangen sie auf die Weichenden ein, und nach kurzem Widerstande waren die Piraten besiegt, gefangen, ihr Schiff erobert.

Die Christen brachen in ein jubelndes Siegesgeschrei aus; wem aber verdankten sie den leichterrungenen und von ihrer Seite beinahe unblutigen Sieg? Dem vermißten Schiffsjungen, dem neunjährigen Knaben Giuseppe Garibaldi, denn er war es gewesen, der, versteckt in der Takelage des großen Bramsegels, mit sicherem Blick und fester Hand so ganz zu rechter Zeit den Schuß gethan und dadurch einen kaum zu hoffenden Ausgang des Kampfes herbeigeführt hatte.

Aber Josephs Siegesfreude war getrübt, denn wohl wußte er, daß er eine strenge Strafe verdient hatte, weil er dem Commando des Capitäns: „Alle Mann an Bord!“ ungehorsam gewesen war.

Dieser Strafe zu entgehen durfte er bei der an Bord eines Kriegsschiffes herrschenden Disciplin, und bei der wohlbekannten Strenge des Capitain Tricinano, kaum hoffen. Er stellte sich daher freiwillig der Verantwortung, aber er that dieß ohne irgend eine Aeußerung der Furcht, ja sogar mit einer Art von Keckheit, einer Zuversicht, welche zu sagen schienen:

„Nach dem, was ich für uns Alle erzielt habe, muß mir ja dennoch jede Strafe erlassen werden.“

Und diese Hoffnung sollte ihn auch in der That nicht täuschen.

Zwar fuhr der Capitän, nachdem abermals der Befehl: „Alle Mann an Bord!“ ertönt war, ihn im Angesicht der ganzen Mannschaft barsch mit den Worten an:

„Bursche, Du verdientest die strengste Züchtigung dafür, daß Du trotz aller Ermahnungen nicht gehorchen lernst; aber dennoch will ich selbst Dich nicht bestrafen, da Dein Ungehorsam dießmal für uns eine so glückliche Folge gehabt hat. Allein sobald wir in Savona einlaufen, übergebe ich Dich dem Seegericht, und der König selbst mag dann Dein Urtheil sprechen. Bis dahin bleibst Du in Arrest.“

Garibaldi's Begnadigung. — Seine Aufnahme in die königliche Militär-Schule zu Nizza. — Sein Fleiß und seine Fortschritte. — Sein Eintritt als Officier in die königliche Kriegsmarine. — Das junge Italien. — Garibaldi's Flucht.

Wie Giuseppe es in seinem kindischen Trotze erwartet hatte, so geschah es. Der ungehorsame Schiffsjunge kam zwar vor ein Kriegsgericht, wurde sogar von diesem wegen seines Vergehens gegen die Disciplin verurtheilt, aber da zugleich der König von den nähern Umständen unterrichtet wurde, und ebenso erfuhr, daß der Knabe ausgezeichnete Eigenschaften besäße, durch die er zu den schönsten Hoffnungen berechtige, daß er sogar nicht ganz ohne seemännische Vorkenntnisse sei, sprach er nicht nur die gänzliche Begnadigung wegen des Mangels an Gehorsam aus, sondern er verfügte auch noch, daß der kleine Garibaldi zum Lohne für die durch seinen wohlgezielten Schuß gemachte Kriegsbeute auf der Militärschule in Nizza zum Officier der königlichen Kriegsmarine ausgebildet werden sollte.

Auf der Militärschule zeichnete er sich durch Fleiß und gute Aufführung aus. Besonders in den mathematischen Wissenschaften, die für einen Seemann von so großer Wichtigkeit sind, machte er die glänzendsten Fortschritte, und nach einer mit Auszeichnung bestandenen Prüfung trat er noch sehr jung als Officier in die Marine ein.

Hier zeigte er sich seiner Jugend ungeachtet bei mehreren Gelegenheiten unerschrocken und tapfer, aber er verrieth auch Spuren jenes glühenden Freiheitsstrebens, jenes abenteuerlichen Geistes, der aus seiner ganzen Laufbahn hervorleuchtet.

Besonders war es eine glühende Freiheitsliebe, die ihn auszeichnete, ein Auflehnen gegen jede Ungerechtigkeit, welche ihn bewog, sich zum Vertheidiger des Schwächeren gegen den Stärkeren aufzuwerfen, selbst wo dazu keine Veranlassung nahe war, keine wirkliche Berechtigung vorlag.

Er hatte sich gewissermaßen den Grundsatz angeeignet:

„Jede Ungerechtigkeit trifft mich persönlich.“

Dadurch setzte sich allmählig eine Art fixer Idee bei ihm fest, die Idee, sein Vaterland von der Fremdherrschaft zu befreien, durch die es seiner Meinung nach in drückenden und unwürdigen Fesseln gehalten wurde.

Aber durch diese Idee ließ er sich, seines sonstigen Sinnes für Gerechtigkeit und Recht ungeachtet, zu einem großen Unrecht verleiten.

Statt nämlich alle gesetzlichen Waffen zu der Erreichung dieses Zieles anzuwenden, Waffen, die stets nur geistiger und unblutiger Art sein dürfen, machte er es sogar seinem eigenen Vaterlande, dem Könige, in dessen Diensten er stand, dem er den Eid der Treue geleistet hatte, zum Vorwurf, nicht offen und mit allen Kräften auf der Freiheitsbahn voranzuschreiten, deren Verfolgung er für eine heilige Pflicht hielt.

Seit zwei Jahren erst im Dienst, stand er bereits auf dem Punkte, befördert zu werden, weil er durch Muth, Geistesgegenwart und Diensteifer die Aufmerksamkeit seiner Vorgesetzten erregt und ihre Zufriedenheit in hohem Grade gewonnen hatte.

Allein noch ehe sein Avancement erfolgte, brachen Unruhen aus, welche zum Zwecke hatten, in Oberitalien eine Republik zu begründen.

Die Bewegung, welche von der Schweiz ausgegangen war, verbreitete sich rasch bis nach Genua, wo sich Garibaldi damals — im Monat Februar 1833 — befand.

Garibaldi ließ sich zur Theilnahme an den Plänen des jungen Italien verleiten, die später in das blutige System des Carbonarismus ausarteten.

Verführt durch den Gedanken, zu der Begründung eines Systemes beizutragen, das seinen Neigungen und Ansichten vollkommen entsprach, mischte er sich mit dem ganzen Ungestüm der Jugend und seines feurigen Temperamentes unter die Republikaner. Oft sprach er öffentlich und ohne Rückhalt seiner Gedanken in so heftigen Ausdrücken, daß er sich dadurch ernsthaft compromittirte. Als es daher den dabei interessirten Regierungen gelungen war, das Feuer der Insurrection auf dem eigentlichen Herde derselben zu ersticken, sah er sich gezwungen, sich durch die Flucht den Verfolgungen zu entziehen, welche seine eigene Regierung gegen ihn richtete, und verließ Genua heimlich, mitten in der Nacht.

Daß er mit unter den Schaaren Romarino's war, die, veranlaßt durch die Aufwiegelungen Mazzini's, die Waffen gegen Sardinien ergriffen hatten, ist zwar behauptet worden, aber keineswegs erwiesen, und man muß dieß sogar bezweifeln, da er von Genua nicht, wie er dieß wahrscheinlich leicht gekonnt hätte, zur See nach Marseille ging, sondern sich zuerst nach Nizza flüchtete, indem er zu Fuße und unter zahlreichen Mühseligkeiten und Gefahren den unwirthsamen, anstrengenden und weiten Weg über die Gebirge einschlug.

Ein Freund, Herr Geaumiers, hielt den Flüchtling zwei Tage bei sich versteckt, gab ihm dann die Kleidung eines seiner Pächter und half ihm fort, und glücklich erreichte er Marseille.

Garibaldi's Aufenthalt und Beschäftigung in Marseille. — Seine Theilnahme an den Unruhen in Oberitalien. — Es wird ein Preis auf seinen Kopf gesetzt. — Seine Flucht nach den schwarzen Bergen. — Schilderung dieser Gegend und ihrer Bewohner. — Garibaldi erfährt den Tod seines Vaters. — Sein Aufenthalt auf der Pfarre seines Vormundes. — Der letzte Rath eines Sterbenden.

In Marseille brachte Garibaldi in Stille und Zurückgezogenheit beinahe volle zwei Jahre zu. Diese Zeit, während welcher er beständig die Hoffnung hegte, begnadigt in sein Vaterland zurückkehren zu dürfen, verwendete er hauptsächlich dazu, seine Kenntnisse zu erweitern, besonders aber, seine mathematischen Studien zu vervollständigen. Dabei hielt er indeß die Augen beständig auf die politischen Ereignisse in seinem Vaterlande gerichtet, und als er von ernsten Unruhen hörte, die in Oberitalien ausgebrochen waren, nachdem er die Ueberzeugung gewonnen hatte, daß die sardinische Regierung noch nicht geneigt sei, ihm die gehoffte Verzeihung für sein Vergehen angedeihen zu lassen, trieb der Haß, den er den Oestreichern geschworen hatte, ihn dorthin, um gegen dieselben zu kämpfen.

Er sammelte eine Schaar gleichgesinnter Jünglinge um sich und führte an deren Spitze eine Art von Guerilla-Krieg gegen die Truppen des mächtigen Kaiserstaates. Der Freiheitstaumel, von dem er ergriffen war, ließ ihn nicht erkennen, daß es Wahnsinn war, unter den damaligen Verhältnissen von einem Siege über die Oesterreicher, von der Befreiung Italiens, auch nur zu träumen, und der ungleiche Kampf, in den er sich eingelassen, besonders aber die Art, wie er ihn führte, mögen ihm wohl damals, und nicht ganz mit Unrecht, den Titel eines Räuberhauptmanns zugezogen haben, da er nicht, wie jetzt, unter einer berechtigten Fahne kämpfte, in Wäldern und Felsschluchten hausete und mit unerbitterlicher Wuth jeden österreichischen Soldaten, dessen er habhaft werden konnte, niedermachte. Indeß soll er sich, obgleich er bald wie ein wildes Thier verfolgt und gehetzt wurde, weder unnützer Grausamkeiten noch beutegieriger Räubereien schuldig gemacht, sondern nur das genommen haben, was er zum nothwendigen Unterhalte für sich und seine „Bande" brauchte.

Endlich aber wurde er vollständig besiegt; die österreichische Regierung setzte einen Preis auf seinen Kopf, und er flüchtete sich, um sein Leben zu retten, in die schwarzen Berge.

Diese Gegend ist dem übrigen Europa unbekannter, wie Indien und die Wüsten der neuen Welt. Durch diese Unbekanntschaft ist sie bis jetzt vor der Unannehmlichkeit bewahrt geblieben, von jedem langweiligen oder neugierigen Touristen mitgenommen zu werden, und sie muß keine geringe Genugthuung darüber empfinden, daß ihre Existenz von den Reisenden, welche aus dem Reisen ein Geschäft machen, noch nicht einmal geahnet wird.

Wahrscheinlich werden auch diese stillen schwarzen Berge einst noch an die Reihe der Ausbeutung kommen; für den Augenblick aber hat die Masse der Wanderer, welche alljährlich auf allen Straßen der Schweiz umherziehen, noch keine Ahnung davon, daß ganz in ihrer Nähe ein Land existirt, welches die größte Aehnlichkeit mit einer gut gemalten Operndecoration hat und das Schöne mit dem Furchtbaren und dem Erhabenen vereinigt.

Man denke sich Höhen, die bald schlank und zart sind, wie die Taille eines jungen Mädchens; — bald harmonisch gerundet, üppig geschmückt, glänzend beleuchtet durch die Strahlen der Sonne, wie die Schultern einer schönen Frau durch das Kerzenlicht des Ballsaales; — bald steil, scharfkantig, rauh und öde, wahre Riesenfelsen.

An dem Fuße dieser Höhen schlängeln durch reiche, lachende Thäler, gleich silbernen Bändern, Bäche sich hin, die selten bis dreißig Fuß breit sind, dennoch aber stolz und schäumend sich brausend von den Felsen herabstürzen, als wollten sie sich das Ansehen von Wasserfällen geben. Das Alles ist eingefaßt und geschmückt mit einsamen, melancholischen Blumen und blauen Lianen, auf welche Seevögel mit rosigen Flügeln sich niederlassen, — mit hohem, von der Sonne roth gefärbtem Haidekraut, —

mit Ginsterbüschen und gelbblumigem Stechginster, — mit einem blumigen Rasenteppich, der in der Abenddämmerung als der geheimnißvolle Mantel der Feenkönigin erscheint.

Dieß ist der Schauplatz des Krieges, auf welchem Garibaldi den gegenwärtigen Krieg gegen die Oesterreicher begann, dieß sind die schwarzen Berge, von denen er in die reichen Ebenen der Lombardei herabgestiegen ist; ein Schauplatz also, mit dem er schon vor Jahren die genaueste Bekanntschaft schloß.

In diesen Bergen giebt es noch wirkliche Schäferinnen, welche dichte Schafherden waiden, nicht aber den Romanheldinnen gleichen, wie man sie auf dem flachen Lande in der Nähe großer Städte findet.

Diese Töchter der Wälder und der Felsen tragen kurze Röcke von grüner Serge, scharlachrothe Mieder und breitrandige Filzhüte, geschmückt mit rothen Bändern und kokett auf die eine Seite des Kopfes gesetzt, — ganz passend zu den von uns so eben beschriebenen Operndecorationen.

Um den Vergleich vollständig zu machen, fehlt auch der verliebte Schäfer nicht, ein hübscher Bursche, reich geschmückt mit Federn und Glasperlen, wie ein Maulthier, das eine neuvermählte Braut mit stolzem Schritt von der Trauung heimträgt.

Dieser Tirsis der schwarzen Berge dichtet und componirt für seine Chloe oder Daphnis ganz allerliebste Lieder, die er ihr mit sonorer, kräftiger Stimme vorsingt, würdig, in seiner dreifachen Eigenschaft als Dichter, Componist und Sänger von den Schöpfern wirklicher Opern beneidet zu werden.

Jetzt aber ist der verliebte Schäfer ein muthiger Kämpfer für die Unabhängigkeit Italiens. Er hat den Hirtenstab mit der Büchse vertauscht und dient als Alpenjäger in dem Freicorps Garibaldi's.

Diesem italienischen Hochlande fehlt auch der Rob Roy Walter Scotts nicht.

Er heißt Garibaldi, und sein Name hat in jenen Bergen einen guten, stolzen Klang.

In der Zeit, von welcher wir sprachen, war der jetzige General ein sehr schöner junger Mann mit kühnem, fein geschnittenem Profil, sanftem und zugleich feurigem Blick, üppigem Haar und begabt mit einer wunderbaren Kraft und Gewandtheit.

Seine Geschichte sollte eigentlich in der Nacht, bei Mondenschein, gelesen werden, wie ein Roman der Anna Radcliffe.

Kurze Zeit nach seiner Flucht in die schwarzen Berge erfuhr Garibaldi, daß sein Vater gestorben sei und die Vormundschaft über den Unmündigen einem Oheim desselben übertragen habe, einem bejahrten Priester, der nicht weit von des Jünglings jetzigem Aufenthalt seine Pfarre hatte.

Giuseppe, gehorsam dem letzten Willen seines Vaters, suchte seinen Vormund auf, stellte sich willig unter dessen Obhut und lebte einige Zeit auf dem bescheidenen, abgelegenen Pfarrhofe. Seine Stunden theilte er zwischen der Jagd und seinen Lieblingsschriftstellern, und wer ihn so bei den stillen, friedlichen Beschäftigungen gesehen und beobachtet hätte, der würde sicher nicht geglaubt haben, dieser ruhige Jüngling sei der noch kurz zuvor so gefürchtete Bandenführer.

Seit wenigen Wochen erst führte der feurige Jüngling dieß stille, beschauliche Leben, weinend über die Knechtschaft seines Vaterlandes und träumend von dessen endlicher Befreiung.

Da rief ihn eines Abends der greise Priester an sein Lager.

„Mein Kind," sagte er, „es betrübt mich, daß ich gezwungen bin, Dich aus Deinen Lieblingsträumen zu erwecken; aber ich fühle, daß ich sterbe, und ich will Dich nicht verlassen, ohne Dir noch einen Rath zu ertheilen, leider die einzige Erbschaft, die Du von mir zu erwarten hast. — Du wirst von jetzt an es nicht mehr blos mit Deinem Oheim zu thun haben, sondern mit der Welt. — Verlaß diese Gegend, in welcher Dein Kopf in Gefahr schwebt, kehre aber zurück, sobald der Tag erscheint, an welchem Du mit Erfolg wirken zu können glauben darfst. — Lebe also wohl; arbeite; werde etwas. — Vor allen Dingen aber vergiß nicht, daß Dir Dein Oheim auf seinem Sterbebette seinen Segen und den Deiner Mutter ertheilt hat."

Am nächsten Tage hatte sich die Todesahnung des Greises erfüllt.

Garibaldi als Hauslehrer des Grafen Ramsberg. — Margarethe. — Ein Liebespaar. — Ueberraschung und Beschimpfung. — Ein Schwur der Rache. — Bange Ahnungen des Vaterherzens. — Ueberfall. — Entführung.

Der Tod des armen Priesters beraubte Garibaldi aller Hülfsmittel. Um seine Existenz zu gewinnen, trat er unter einem angenommenen Namen als Hauslehrer in den Dienst des Grafen Ramsberg, dessen Schloß mitten in dem Gebirge lag.

Außer dem Erben seiner Güter und seines Namens, einem Knaben, dessen Unterricht dem neuen Hauslehrer anvertraut wurde, hatte der Graf von Ramsberg noch eine erwachsene Tochter.

Margarethe — so hieß sie — hatte ein reizendes, liebliches Gesicht. Jede Bewegung ihres schönen Körpers war voll Anmuth. Ihre feinen Züge, ihre schönen Augen mit sanftem, melancholischem Blick, das Lächeln ihres Mundes, entzückend durch Jugend und Frische, ihre blassen, doch nicht krankhaften Wangen, das liebliche Oval ihres Gesichtes, ihr reiches, glänzendes, seidenweiches Haar, — Alles vereinigte sich, sie zu einer bezaubernden Erscheinung zu machen.

Wie wäre es dem jungen Hauslehrer möglich gewesen, diesem Zauber zu widerstehen, zumal er und Margarethe sich täglich ohne allen Zwang sahen?

Es verging daher auch nur kurze Zeit, bis er sie mit der ganzen Gluth eines leidenschaftlichen Herzens liebte. Wieder kurze Zeit darauf gestand er ihr seine Liebe und empfing von ihr das beglückende Geständniß der Gegenliebe.

Jetzt folgten für die beiden Liebenden Tage des beseligendsten Glückes. Während der langen Sommerabende schweiften Beide miteinander in dem hohen Haidekraut umher, welches das Schloß umgab, und lasen zusammen schöne Bücher, die von Liebe sprachen und den schwachen Kopf des jungen Mädchens verwirrten.

Bald wuchs ihre Liebe bis zu dem Grade wahnsinniger Leidenschaft.

Der Graf von Ramsberg war Wittwer und seine Aufsicht über seine Tochter weder sehr sorgsam noch sehr strenge. Er bemerkte daher auch nichts von dem Liebesverhältniß derselben mit dem jungen, ebenfalls wahrhaft schönen Hauslehrer.

Eines Abends jedoch, als er ganz unerwartet von der Jagd zurückgekehrt war, überraschte er Garibaldi zu den Füßen Margarethens, in deren Schoß sein Kopf ruhte, während die Hände der beiden Liebenden sich zärtlich gefaßt hielten.

Der junge Mann zeigte indeß keine große Unruhe und hielt fest den zornsprühenden Blick des Grafen aus.

Diesem hatte der Unwille, das Staunen anfangs die Sprache geraubt; endlich aber rief er mit donnernder Stimme, und indem er auf Garibaldi zuschritt:

„Du bist ein Elender, ein Nichtswürdiger; ein schamloser Knecht, den ich mit Peitschenhieben aus dem Schlosse jagen lassen werde, wie einen verlaufenen Hund, den ich aus Mitleid aufnahm, und der die Hand biß, welche ihm das Brod reichte.“

Und den Worten die That hinzufügend versetzte er mit der Jagdpeitsche, die er in der Hand hielt, dem Jünglinge einen Schlag in das Gesicht.

Garibaldi that einen Satz wie ein verwundeter Löwe.

Seine Hand erfaßte krampfhaft den Griff des Jagdmessers, das er beständig im Gürtel trug; er riß es aus der Scheide, erhob den Arm, und im nächsten Augenblicke würde der Graf mit durchbohrtem Herzen zu seinen Füßen gelegen haben, wäre nicht in diesem entscheidenden Momente der Blick des Wüthenden auf seine geliebte Margarethe gefallen, welche mit Thränen im Auge, leichenblaß, halb todt vor Entsetzen, die Arme mit stummem Flehen zu ihm erhob.

Bei diesem Anblick entsank das Messer seiner Hand; die Wuth, welche seine blassen Lippen erbeben machte, wich dem Lächeln der Verachtung, und mit schneidendem Tone rief er dem Grafen zu:

„Der Schlag in mein Gesicht ist die Unterschrift, die Ihr meinem Heirathsvertrage mit Eurer Tochter hinzugefügt habt. — Danket ihr, denn sie hat Euch das Leben erhalten. — Bald kehre ich zurück, meine Gattin von Euch zu fordern, und Ihr werdet dann nicht daran denken, sie mir zu verweigern. Ihr werdet Eure Gefälligkeit sogar so weit treiben, an jenem Tage die Kosten einer königlichen Illumination zu der Hochzeitsfeier zu bezahlen. — So lebet denn wohl, Herr Graf, und auf Wiedersehen. Ihr sollt Euch überzeugen, daß ich weder ein Hund noch ein Knecht bin. — Ein Knecht beugt demüthig den Kopf — ein Hund leckt die Hand, die ihn geschlagen hat, ich aber, ich räche mich!“

Mit diesen Worten stürzte er zu Margarethe, drückte ihr einen Kuß auf die Stirn, verließ dann das Schloß und verschwand zwischen den Bergen.

Seit diesem Auftritte war etwa ein Monat verflossen.

Der Graf und seine Tochter hatten nicht ein einziges Wort über den Gegenstand miteinander gesprochen.

Der Vater erheuchelte die vollkommenste Ruhe, aber dessen ungeachtet war er finster und sorgenvoll, und kein Lächeln verirrte sich auf seine Lippen.

Bei dem leisesten Geräusch erbebte er. Er fühlt sich von unbestimmter Furcht ergriffen und wußte gleichwohl nicht, was er fürchtete oder zu fürchten Ursach hatte. Er zitterte über jedes Blatt, das vor seinen Füßen niederfiel, bei jedem Regentropfen, der an die Scheiben des Fensters schlug.

Obgleich er sich stellte, als dächte er nicht mehr an die Drohungen Garibaldi's, hatte er sie dennoch nicht vergessen; aber mit keinem Menschen wagte er darüber zu sprechen, denn er fürchtete, sich durch Besorgnisse, die vielleicht rein eingebildeter Natur sein könnten, lächerlich zu machen. Er verschloß daher seine Angst, sein Entsetzen, in sich selbst und führte die elende Existenz eines Menschen, über dessen Haupt ein unausweichliches Verhängniß zu schweben scheint.

Margarethe ihrerseits dachte ebenfalls an die Drohungen ihres Geliebten.

Seit der Entfernung Garibaldi's wurde sie von Tage zu Tage blässer; ihre Liebe fiel gleich einem bittern, giftigen Thau auf ihr Herz.

Schweigend und traurig besuchte sie allein alle die

traulichen Plätzchen, die sie so oft an seiner Seite durchwandelt hatte.

Margarethe glich einer büßenden Seele, die zur Strafe ihrer Sünden auf der Erde wandeln muß, der sie nicht mehr angehört.

Der Vater weinte in's Geheim über seine Tochter, diese aber weinte über ihren Vater und über ihren Geliebten. Beide verhehlten sich gegenseitig ihren Schmerz, doch wer sie ansah, der fühlte sein Herz bedrückt.

So saßen sie eines Abends einander schweigend gegenüber an dem Kamin.

Draußen hatte der Himmel sich in einen schwarzen Schleier gehüllt.

Von Zeit zu Zeit rauschte der Wind von dem Meere herüber unheimlich durch die Wipfel der Bäume.

Plötzlich erbebte der Graf und sprang hastig von seinem Sitze empor.

„Margarethe, hast du nichts gehört?“ fragte er seine Tochter.

Das junge Mädchen fuhr in die Höhe, als wäre sie unerwartet aus dem Schlafe erweckt worden.

„Ich höre nichts, Vater!“ sagte sie dann, nachdem sie einen Augenblick mit angespannten Sinnen gelauscht hatte; „ich höre nichts, als den Regen und den Wind.“

„Mein Gott! Mein Gott!“ sagte der Graf und stützte den brennenden Kopf gegen den kalten Marmorsims des Kamins.

Es entstand ein tiefes Schweigen, da erbebte plötzlich auch Margarethe. Wie erschrocken strich sie sich das Haar zu beiden Seiten aus dem Gesicht und rief:

„Dieß Mal, Vater, ist er es! — Ja, gewiß, er ist es! — Ich höre ihn!"

„Was sagst Du, unglückseliges Kind?" rief der Graf und starrte verwirrt umher.

In eben diesem Augenblicke ertönte von mehren Seiten zugleich der Schreckensruf: „Feuer! Feuer!" und beinahe augenblicklich folgte demselben lauter Tumult, veranlaßt durch die Schloßbewohner, welche verwirrt durch die Gänge und Trepp auf, Trepp ab liefen.

Zugleich wurde die Thür des Saales hastig aufgerissen, und auf die Schwelle trat ein Mann, dessen Kopf der breitrandige Filzhut der Bergbewohner bedeckte und um dessen Hüfte sich die roth, weiß, grüne Binde der italienischen Patrioten schlang.

Sein sonnenverbranntes Gesicht, dessen Züge Kühnheit und Entschlossenheit aussprachen, wurde von dem röthlichen Scheine der Flammen, welche das Schloß verzehrten, umspielt und verlieh ihm das Ansehen eines Königs der Finsterniß.

Sobald Margarethe ihn erblickte, stieß sie einen durchdringenden Schrei aus und stürzte in seine Arme, an seine Brust, wie von einer magnetischen Anziehungskraft getrieben.

„Komm! Komm!" sagte Garibaldi. „Wir können jetzt gehen. Das Feuer läutert Alles, und von dem Hause, in welchem mir die blutigste Beschimpfung zugefügt wurde, bleibt kein Stein auf dem andern!"

Heftig stieß er dann den Grafen zurück, der eine verzweifelte Anstrengung machte, ihm seine Tochter zu entreißen, und die halb ohnmächtige Margarethe auf seinen starken Armen forttragend, gelangte er zu dem Ausgangsthor, nachdem er hastigen Schrittes über den Schloßhof geeilt war und hier mit leiser Stimme einige Worte mit unbekannten Männern von entschlossenem Aussehen gewechselt, die sich unter die erschrockene Dienerschaft des Hauses gemischt hatten.

Zwei Männer warteten seiner am Ausgange der zu dem Schlosse führenden Allee mit einer Sänfte. In diese hob er rasch Margarethe hinein; dann rief er seinen Leuten zu:

„Nach dem Gebirge, meine Kinder!“

Alle Drei verschwanden mit ihrer Beute in dem Nebel, der sich wie ein Schleier über das Haidekraut gebreitet hatte.

Vater und Tochter. — Die Gattin des Parteigängers. — Des Vaters vergebliches Bitten. — Unerklärlicher Liebeszauber. — Rückkehr zu dem Vaterhause. — Abermals ein Preis auf Garibaldi's Kopf. — Das Verwelken einer Blume. — Der Margarethen-Fels.

Der Graf verließ das Schloß, welches durch das Feuer unbewohnbar gemacht worden war, und bezog mit seinem Sohne eine andere, in der Nähe gelegene Besitzung.

Hier gab er sich ganz seinem Schmerze und seiner Trauer über den Verlust seiner geliebten Tochter hin, da trat Margarethe schon nach wenigen Tagen ganz unerwartet in das Zimmer ein, in welchem er sich befand, und nahm schweigend und niedergeschlagen ihm gegenüber Platz.

Der Graf, der bereits die Hoffnung aufgegeben, sie je in seinem Leben wieder zu sehen, nachdem er vergeblich Alles aufgeboten hatte, die Spur ihres Entführers aufzufinden und sie ihm zu entreißen, sprang voll Entzücken auf und schloß sie mit väterlicher Inbrunst an sein Herz.

„Margarethe, meine gute, liebe Margarethe," rief er aus, und Freudenthränen rannen ihm über die Wangen; „wie ist es dir möglich gewesen, diesem Dämon zu entfliehen?"

„Ach, mein theurer Vater," entgegnete Margarethe erröthend und mit einem tiefen Seufzer, „er ist kein Dämon, und ich bin ihm nicht entflohen!"

„Nicht entflohen?" wiederholte verwundert ihr Vater. „Wie kommt es dann, daß mir die Freude wurde, Dich wieder zu sehen, Dich an mein Vaterherz zu drücken?"

„Weil er meinen Wünschen, meinen Bitten nachgegeben hat und mich zu Dir zurückkehren ließ. — Denn getrennt von Dir erlischt mein Leben; aber auch getrennt von ihm ist für mich Alles schaal und farblos. — Es ist, als würde meine Seele zerrissen, und als strebtet Ihr Beide danach, mir wechselsweise ein Stück davon nach dem andern loszureißen."

„Was sagst Du, mein geliebtes Kind?" rief der Graf erschrocken aus. „Ist es möglich, daß Du nicht bei mir bleiben, daß Du wieder zum ihm wolltest?"

„Ich muß!" sagte Margarethe entschieden. „Ich muß ihn heute wiedersehen, morgen, alle Tage, oder ich sterbe."

Es entstand eine längere Pause, während welcher der Vater seine Tochter traurig und kopfschüttelnd ansah, als vermöchte er es nicht, das zu glauben, was sie ihm gesagt hatte.

Endlich sagte sie: „Wenn ich heute zu Dir gekommen bin, mein Vater, so geschieht es, um Dich auf meinen Knieen anzuflehen, den Fluch zurückzunehmen, den Du ihm nachschleudertest, als er mich Dir entführte, und dessen Gewalt vernichtend auf mir lastet.“

Der Graf wendete sich von ihr ab. Es schien, als sei er, trotz des Beweises von Liebe, den er ihr so eben gegeben, nicht geneigt, ihre flehende Bitte zu erfüllen.

Da sank sie ihm zu Füßen und rief mit herzerschütternden Tönen:

„Ach, mein theurer Vater, eine Liebe, eine Bewunderung, denen ich nicht zu widerstehen vermochte, führten mich in seine Arme. — Diese Leidenschaft strömt siedend durch meine Adern. — Solltest Du ihr gegenüber unerbittlich sein?“

Als er noch immer schwieg, fuhr sie dringender fort:

„Willst Du mir denn nimmer verzeihen, mein theurer Vater? Fühlst Du denn in Deinem Herzen nichts mehr von der Liebe zu Deiner armen kleinen Margarethe, die Du sonst so sehr liebtest, die Du so oft schaukelnd auf Deinen Knieen eingeschläfert hast, der Du voll Zärtlichkeit die Haare küßtest, wenn Abends der Seewind mit ihnen spielte?“

Diese Worte einer rührenden Erinnerung an vergangene glücklichere Tage verfehlten nicht, Eindruck auf das Herz des Vaters zu machen. Wohl kämpfte er noch einen Augenblick mit seinem Zorne, aber die Vaterliebe gewann den Sieg in seinem Herzen.

„Arme Seele!“ sagte der Graf, indem er sich wieder zu seiner Tochter wendete, ihren Kopf zwischen die Hände nahm und sie mit der innigsten Zärtlichkeit auf die Stirn küßte. — „Sei gesegnet, mein geliebtes Kind! — Ach, weßhalb bist Du nicht noch jetzt in jenem Alter, wo ich Dich auf meinen Knieen schaukelte, oder wo Du im Walde laufend den Blättern nachjagtest, die der Herbstwind von den Bäumen geschüttelt hatte? — Ach, welche Bilder des Glückes entwarf ich mir damals, des Glückes, das ich einst von meiner Tochter erwartete, um meine alten Tage aufzuheitern und zu erwärmen! — Sie sind dahin, diese glücklichen Tage, wie gegen das Ende des Lebens alle Hoffnungen dieser Welt verschwinden!“

„Willst Du mir auch versprechen, mein Vater,“ bat Margarethe mit rührenden Tönen und indem sie die Hände ihres Vaters ergriff und zärtlich streichelte, „willst Du mir auch versprechen, gegen ihn alle weitern Verfolgungen aufzugeben? — Ihr Erfolg könnte nur für uns Alle verderblich sein; denn“ — fügte sie mit leiserer Stimme hinzu, indem dunkle Röthe ihr Gesicht überflog und sie verschämt ihren Schleier herabzog — „denn ich bin nicht seine Geliebte, und bin es auch nie gewesen. Ich bin — ach, Du mußt mir auch das verzeihen, mein Vater — ich bin seine rechtmäßige Frau.“

„Seine Frau! Du!“ rief der Graf und taumelte zurück, wie von einem furchtbaren Schlage getroffen. „Seine Frau! — Die Frau eines Banditen, eines Mordbrenners! — Es ist nicht so, es kann nicht sein.“

„Und dennoch sagte ich Dir die lautere Wahrheit!“ entgegnete Margarethe und legte betheuernd ihre Hand auf das Herz.

„Wo hätte sich ein Priester gefunden, diese Ehe der Hölle einzusegnen?“ fuhr der Graf in heftiger Aufregung fort. „Du seine Frau! — Bildest Du dir ein, ich könnte Dir das glauben? Es ist ja ganz unmöglich! Es ist nichts, als ein fürchterlicher Traum, den wir Beide haben!“

„Ja, mein Vater,“ sagte Margarethe, und ein trübes Lächeln umspielte ihre Lippen; „es ist ein Traum, aber ein Traum, aus dem es kein Erwachen giebt. Ein Traum, der unablässig auf unsern Häuptern ruhen wird, im Wachen eben so, wie im Schlafe. — Ein Priester hat in der That unsere Ehe eingesegnet; ein Priester hat seine Hände über unsere gegen ihn niedergebeugten Stirnen erhoben und zu uns gesagt:

„Lebet, duldet und sterbet mit einander?“

„Wann? Wo ist das geschehen? Wer war dieser pflichtvergessene Priester, der so sein heiliges Amt entweihen konnte?“ fragte der Graf, der noch immer nicht glauben wollte, was seine Tochter ihm sagte.

Ohne auf diese Frage zu antworten, fuhr Margarethe fort:

„Unsere Zeugen waren vier riesige Bergbewohner, die an unserer Seite standen, in der einen Hand ein blankes Schwert, in der andern eine brennende Fackel haltend. So standen sie schweigend und regungslos da, wie steinerne Bildsäulen, die an einem Grabe Wache halten.

„Mein Kopf war verwirrt; von Zeit zu Zeit flüsterte er in mein Ohr ein Wort der Liebe, das ich mehr errieth, als verstand, das mich aber dennoch zu dem Bewußtsein meiner Existenz zurückführte.

„Der Priester betete am Altare, und die vier Bergbewohner beteten ebenfalls. Als der Priester an mich die Frage stellte, welche man an ein Brautpaar zu richten pflegt, ehe man es für immer unauflöslich verbindet: „Nimmst Du diesen Mann zu Deinem Gatten an?“ da antwortete ich: „Im Leben wie im Tode will ich ihm folgen!“

„Bei diesen Worten sah ich meinen Gatten erbleichen, und eine Thräne rann ihm über die Wange. — Auch ich erbebte, und in dieser Nacht habe ich mein ganzes Herz in Thränen und Gebeten ausgeschüttet. Ich litt, aber er war an meiner Seite, und ich fühlte mich dadurch getröstet und gestärkt. Ich hörte seine Stimme und ich würde meine Leiden nicht gegen alle Freuden des Himmels vertauscht haben, hätte er sie nicht mit mir theilen können!

„Dann verschwand der Priester, die Fackeln erloschen, und in der Dunkelheit fühlte ich, wie er mich, einer Ohnmacht nahe, auf seinen Armen forttrug.

„Auf diese Weise haben wir in der Nacht, in einer einsam gelegenen Kirche, ein unwiderrufliches Gelübde miteinander ausgetauscht. — Er war blaß und zitterte; Pistolen staken in seinem Gürtel, und in der Hand hielt er ein entblößtes Schwert. — Ich kniecte gebrochen auf den feuchten Quadern der Kirche, bebend vor Liebe und Schrecken. Der Himmel hat unsere Schwüre vernommen, wir sind unauflöslich miteinander verbunden, und mein ganzes Leben gehört ihm an!“

Sie schwieg, denn sie hatte ihrem Vater nichts mehr zu sagen.

„O des Jammers!“ rief der Graf. „So giebt es also keine Hoffnung mehr für mich? Verloren! Verloren! Unwiederbringlich und für immer verloren!“

Er sprach diese Worte mit dem Ausdrucke des herzzerreißendsten Kummers, aber dennoch vermochte er es nicht, den seiner Tochter ertheilten Segen zu widerrufen, und in das Unvermeidliche sich ergebend, genoß er ihrer Gegenwart.

Am nächsten Tage erschien an dem Schloßthore ein Mann, der ein Pferd am Zügel führte, und Margarethe wollte von ihrem Vater Abschied nehmen, um dem Manne zu folgen.

Bei diesem Anblicke erwachte der Schmerz des Grafen mit erneuerter Gewalt, und wie außer sich warf er sich zu den Füßen seiner Tochter auf die Knie.

„Bleib bei mir, Margarethe, meine geliebte Tochter!“ rief er in wildem Schmerze. — „Mein theures Kind von ehedem, das ich so sehr liebte und das auch seinen Vater so lieb hatte, willst Du mich den wirklich verlassen? — Ach, was muß ich thun, was muß ich sagen, welche Bitte muß ich anwenden, um Dich bei mir zurückzuhalten? Hast Du denn kein Herz mehr für Deinen Vater, keine Seele, keine Liebe, kein Mitleid — kurz, nicht das geringste Gefühl?“

Er hielt inne und blickte sie an, als wollte er aus ihren Mienen Hoffnung schöpfen. Sie aber stand mit niedergeschlagenen Augen vor ihm und sagte kein Wort, obgleich ihr Busen vor innerer Aufregung heftig wogte.

„Siehst Du denn nicht," nahm er nach einer Pause wieder das Wort, „daß es mein Tod sein würde? Fühlst Du denn nicht, daß Du mich getödtet haben würdest und e r auch?"

Noch immer stand Margarethe stumm und regungslos vor ihm da.

„O mein Gott," rief der Graf verzweiflungsvoll, „was liegt denn in diesem Menschen, daß er mir so mein Kind durch ein einziges Wort zu entführen vermag. — Ist er ein Mensch oder ein Teufel? Was habe ich ihm denn gethan? Habe ich ihn zu sehr gemißhandelt, so will ich mich auf meinen Knieen zu ihm schleppen und sein Mitleid erflehen. Bedarf er dann noch der Rache, so trinke er mein Blut, wenn er will; aber er raube mir nicht meine Tochter! — Ach, Du böses Kind! — So war er denn eine Schlange, die ich an meinem Busen erwärmte, und die mich in das Herz biß! — Ha, Fluch, — Fluch, — dreifacher Fluch über ihn! — Du senkest die Augen, um mich nicht zu sehen; — Du wendest den Kopf ab, um mich nicht zu hören; — Du verschließest Dein Herz, um nicht zu fühlen, daß das meinige blutet und zerreißt! — Gnade! Gnade! Es ist ja nicht möglich, daß Du so von mir gehst! — Ach, weßhalb habe ich nicht öfter Deine Haare geküßt, als Du mir noch angehörtest. — Jetzt verschwindet mit Dir mein ganzes Glück; kehre deßhalb zurück, daß ich Dich wenigstens wiedersehe, und wäre es auch nur ein einziges Mal! — Kehre zurück zu mir, und wenn ich Dich verdammt habe, so spreche ich Dich jetzt frei; — wenn ich Dir fluchte, so segne ich Dich jetzt!"

Nicht ungerührt hatte Margarethe die flehenden Bitten ihres Vaters vernommen, aber sie hatte vergebens nach Worten der Erwiederung gerungen.

„O mein theurer, geliebter Vater," rief sie jetzt, bleich wie eine Marmorstatue, „weßhalb kann ich mir nicht das Herz aus der Brust reißen, damit es mir möglich sei, bei Dir zu bleiben! Weßhalb muß ich so undankbar gegen all Deine Liebe erscheinen! — Aber mein Herz hat er ganz in seinem Besitz, in ihm liegt mein Geschick, und es muß sich erfüllen. Lebe daher wohl, mein theurer Vater, denn jetzt muß ich Dich verlassen; aber ich kehre zu Dir zurück, und bald siehst Du mich wieder!"

Der Mann, der das Pferd am Zügel hielt, senkte, als Margarethe zu ihm trat, ein Knie zur Erde und bot der jungen Frau seine Hand als Steigbügel, eine Huldigung, wie nur die höchsten Damen der Ritterzeiten sie zu empfangen pflegten.

Auf ähnliche Weise kehrte Margarethe von Zeit zu Zeit in das Vaterhaus zurück, doch immer verließ sie es bald wieder eben so, wie wir es beschrieben, geführt von dem Manne, der gegen sie eine Ehrerbietung zeigte, wie nur der Stallmeister einer Königin sie seiner Gebieterin beweisen könnte.

Seit der Einäscherung des Schlosses Ramsberg wurde Garibaldi, der gegen die Oesterreicher in Berg und Wald den rastlosesten und erbittertsten Krieg führte, gehetzt wie ein wildes Thier. Als aber eine Abtheilung Kroaten mit ihrem Leben die Kühnheit bezahlt hatte, sich ihm allzunahe zu wagen, wurde neuerdings ein Preis auf seinen Kopf gesetzt.

Die Folge davon war, daß man ihn einige Zeit so ziemlich in Ruhe ließ, denn es schien, als hielte sich Niemand persönlich dazu berufen, sich seiner zu bemächtigen, um den ausgesetzen Preis zu verdienen.

Er stand jetzt an der Spitze einer größern Anzahl italienischer Patrioten, die regelmäßig organisirt waren und den Guerillakrieg mit ziemlicher Ritterlichkeit führten. Den Reichen, besonders denen, die es mit den Oesterreichern hielten, legten sie Contribution auf, dagegen aber beschützten sie die Bauern und Pachter gegen jede Art der Tyrannei und Plackerei.

Garibaldi wurde daher auch in allen Bauernhäusern, auf allen Pachthöfen, deren Bewohner für ihn vortreffliche Verbündete waren, mit wahrer Gastfreundschaft aufgenommen und dadurch oft vor einem Ueberfalle geschützt.

So irrte er, verfolgend und verfolgt, in den Bergen umher, beständig seine Aufenthaltsorte und seine Zufluchtsstätten wechselnd; kühn aber zeigte er sich überall, wohin ihn seiner Meinung nach irgend eine Pflichterfüllung rief.

Er war von unglaublicher Verwegenheit und bewundernswürdiger Gewandtheit, kannte alle Wege und Stege in dem Gebirge und überfiel oft unversehens eben die Truppen, die gegen ihn ausgesandt waren. Deßhalb wagten sie sich auch bei seiner Verfolgung nicht leicht tiefer in das Land hinein.

Seine außerordentliche Körperkraft, seine an das Wunderbare grenzende Geschicklichkeit in allen körperlichen Uebungen, die List und Verschlagenheit, mit denen er seine

Feinde zu täuschen und ihnen zu entgehen wußte, machten ihn zum Gegenstande des Aberglaubens und tausend unglaublicher Abenteuer.

Die einen waren der festen Ueberzeugung, er sei unverwundbar; die Andern schrieben ihm die Macht zu, sich an mehren verschiedenen Orten zugleich zu befinden.

Sein Name allein schon flößte den österreichischen Soldaten einen gewaltigen Schreck ein, den Italienern aber eine unbegrenzte Bewunderung. Das Landvolk besonders betrachtete ihn als ein geheimnißvolles, übernatürliches Wesen, das bald gut, bald aber auch boshaft sei, immer aber unbegreiflich und unerreichbar.

Während er so durch seine Thaten und seinen glühenden Patriotismus sich weit umher einen Ruf erworben hatte, der ihm in gewisser Beziehung als schützender Gürtel diente, machte seine Margarethe, welche ihn mit aufopfernder Liebe, jede weibische Furcht und Schwäche überwindend, auf seinen meisten Zügen begleitete, ihn zum glücklichen Vater, wie er schon der glücklichste Gatte war. Denn trotz aller äußern Stürme des Lebens, trotz seiner oft blutigen Unternehmungen und Abenteuer, war seine Liebe zu seiner jungen, reizenden Frau von Tage zu Tage nur gewachsen.

Bei dem unstäten Leben, das er führte, beständig von tausenderlei Gefahren bedroht, hatte er nur einen Kummer: das waren die Entbehrungen und Mühseligkeiten, denen er, seiner liebevollsten Sorgfalt ungeachtet, Margarethe ausgesetzt sehen mußte, seitdem er ihren dringenden Bitten nachgegeben, sein Abenteurerleben theilen zu dürfen.

In den wenigen Stunden der Ruhe und des Stillebens, die ihnen vergönnt waren, umgab er sie mit der zartsinnigsten Liebe und Aufmerksamkeit, und wenn bei seiner ruhelosen Existenz seine Jugend vor der Zeit verschwunden war, so führte Margarethe ihm die Gefühle derselben zurück, und die Liebe zu ihr machte ihn zum Dichter. Ihr zu Ehren verfaßte er viele Gedichte, von denen sich mehre erhalten haben. Verrathen sie auch eben kein hohes poetisches Talent, so geben doch viele derselben Zeugniß für eine Tiefe, Innigkeit und Zartheit des Gefühles, welche man bei einem Parteigänger, wie Garibaldi, wahrlich nicht für möglich halten sollte.

War aber der Muth groß, und die Ergebung bewundernswürdig, mit der Margarethe, das zarte, verwöhnte Grafenkind, ein solches Leben zu ertragen vermochte, so zeigte sich doch ihre Körperkraft den Angriffen nicht gewachsen, welche stete Aufregung auf ihr nervöses Temperament und ihren geschwächten Geist ausübte, und sie starb an einer Brustkrankheit langsam dahin.

Während der wenigen Tage, die sie noch immer mit längeren Unterbrechungen bei ihrem Vater zubrachte, sah sie sich endlich gezwungen, das Bett zu hüten, und als der Mann mit dem Handpferde wie gewöhnlich kam, um sie abzuholen, mußte er ohne sie das Schloß verlassen. Vergebens hatte sie alle ihre Körperkraft aufgeboten, um ihm zu folgen. Sie vermochte es nicht und war kraftlos auf ihr Lager zurückgesunken.

Wenige Tage darauf entfloh ihre schöne, kräftige Seele dem nicht minder schönen, aber schwachen Körper, und verzweiflungsvoll stand der Graf Ranisberg an dem Sterbebette der geliebten Tochter.

Der Sturm hatte eine liebliche Blume vor der Zeit geknickt.

Um Der, welche ihm für immer entrissen war, seine Liebe noch im Tode zu beweisen, traf der Graf alle Vorkehrungen zu einer glänzenden Beerdigung, und suchte eine traurige Zerstreuung, indem er selbst sich der Besorgung der nothwendigen Anordnungen widmete.

Endlich war der Tag des Leichenbegängnisses und der Bestattung erschienen.

Um das Paradebett, auf welchem in prachtvoller Kleidung die schöne Todte ruhte, brannte eine doppelte Reihe mächtiger Kerzen, deren röthlicher Schein flackernd auf den bleichen, eingefallenen, aber noch immer lieblichen Zügen spielte.

Rings umher kniete die weibliche Dienerschaft des Schlosses und sprach einem in ihrer Mitte knieenden Priester murmelnd die Sterbegebete nach. Am Kopfende des Paradebettes aber, die Hände gefaltet, die Blicke niedergesenkt auf das Gesicht der Verstorbenen, stand der Graf von Ramsberg.

Wenige Tage hatten genügt, das Grau seines Haares in Silberweiß zu verwandeln und seinem Gesichte tiefe Runzeln einzugraben, in denen jetzt große, heiße Thränentropfen herabrannen.

Sein Sohn, der die liebevolle, freundliche Schwester ebenfalls herzlich geliebt hatte, schmiegte sich in stummem Schmerze liebkosend an ihn an.

Da wurde die feierliche Ruhe plötzlich auf ungestüme Weise unterbrochen.

Hastig flog die Thür des Gemaches auf, und herein stürmte Garibaldi, marmorbleich, wie die Leiche selbst, aber sichtbar in fieberhafter Aufregung.

Der Priester unterbrach seine Gebete und blickte zornig auf den frechen Störer; die Weiber sprangen erschrokken empor; der Graf streckte wie abwehrend die Hände gegen ihn aus; der Knabe klammerte sich ängstlich nur noch fester als zuvor an seinen Vater an; Garibaldi aber schien das nicht Alles zu bemerken.

Er schritt, ohne die Anwesenden nur eines Blickes zu würdigen, gegen das Paradebett vor, beugte sich nieder auf das Gesicht der Todten und drückte einen Kuß auf ihre eiskalte Stirn.

„Mein warst Du im Leben; mein sollst Du auch im Tode sein!“ sagte er dann mit dumpfem Tone, und die Leiche in seine Arme nehmend, trug er die Tode mit sich hinweg, wie er vor noch nicht gar langer Zeit die Lebende fortgetragen hatte, der verhängnißvollen Trauung in der einsamen Bergkirche entgegen.

Vor Staunen und Schreck zu Stein verwandelt, blickten die Anwesenden dem rasch Davoneilenden nach.

Der Graf war der Erste, der sich von der Erstarrung erholte, als er aber dann dem Räuber seines todten Kindes nachstürmte, wie früher dem des lebenden, und mit den Tönen der Verzweiflung seine Dienerschaft zur Verfolgung aufbot, da war der Entführer, gerade wie damals, bereits zwischen den nächsten Bergen mit seiner Beute verschwunden.

Wohl wußte der Graf, daß es vergebliche Mühe sein würde, seine Einholung zu versuchen, und den Tod im

Herzen, kehrte er in sein jetzt doppelt verödetes Schloß zurück.

Garibaldi erreichte bald darauf mit seiner geliebten Last, die er nicht aus seinen Armen lassen wollte, seine augenblickliche Zufluchtsstätte in dem Gebirge.

Wie der Vater in seinem Schlosse, so hatte auch der Gatte in seinen Bergen, seitdem er durch treue Diener die Nachricht von dem Tode Margarethens erfahren, alle Vorbereitungen zu dem Begräbnisse der Theuren getroffen. Minder prachtvoll war dasselbe angeordnet, aber gewiß nicht minder feierlich.

Alle seine Getreuen waren an dem Orte versammelt, den er ihnen bezeichnet hatte; ein einfacher Sarg stand bereit, und nachdem er seine geliebte Margarethe hineingelegt, ihr noch den letzten Scheidekuß aufgedrückt und ihr kaltes, bleiches Antlitz mit Thränen bedeckt hatte, deren er sich nicht schämte, wurde der Deckel befestigt, und der Leichenzug setzte sich in Bewegung.

Die Tapfersten seines Trupps, einen solchen Dienst des geliebten Führers sich zur Ehre anrechnend, trugen den Sarg unter feierlichem Schweigen der zahlreichen Begleiter bis zu einer Stelle hoch oben in den Bergen, welcher die Oesterreicher sich schon seit längerer Zeit nicht mehr zu nähern wagten.

Am Fuße einer öden, steilen Felswand war hier ein tiefes Grab gegraben, versteckt zwischen stachlichem Ginster und hohem Haidekraut.

Dahinein wurde der Sarg gesenkt, der die sterblichen Reste der unglücklichen Margarethe, unglücklich durch ihre Liebe zu Garibaldi, in sich schloß. Geschäftige Hände schaufelten die Erde darauf, und nachdem der Grabhügel sich über der Dulderin gewölbt hatte, knieeten rings umher die wilden Freiheitskämpfer, die wettergebräunten Gestalten, nieder zu einem letzten Gebete für die Seelenruhe der Gattin ihres Führers.

Lautlos entfernten sie sich dann; Garibaldi aber folgte ihnen erst nach längerer Zeit.

Was ihn zurückgehalten — wer kann es sagen? denn kein Zeuge blieb zurück, ihn zu belauschen. Wohl aber kann man vermuthen, daß es geschehen sei, um Der, an welcher sein ganzes Herz gehangen hatte, wie das ihrige an ihm, die Grabschrift zu setzen. Denn an der Felswand, an deren Fuße Margarethe die letzte Ruhestätte fand, liest heute der Wanderer, der sich in diese einsame Gegend verirrt, das eine, den Hirten und Bergbewohnern seit langen Jahren wohlbekannte Wort:

Margarethe.

Die rauhen, unregelmäßigen Züge verrathen, daß sie von ungeübter Hand eingegraben wurden.

Die Hand, welche diese ungeschickte Arbeit verrichtete, sah Niemand, doch wem sie angehörte, darüber sind die Bewohner der schwarzen Berge nicht im Zweifel.

Nach dieser Inschrift aber heißt dieser Fels bei den Landbewohnern der ganzen Umgegend allgemein:

Der Margarethenfels.

Garibaldi's Trauer. — Blutige Zerstreuungen. — Er giebt seinen Kampf gegen die Oesterreicher auf. — Bedeutungsvolle Abschiedsworte an seine Getreuen. — Rückkehr nach Frankreich. — Garibaldi's Einschiffung in Marseille an Bord einer ägyptischen Corvette. — Seine Ankunft in Tunis. — Sein Eintritt in den Dienst des Bey von Tunis — Die Favorit-Sultanin Leila. — Liebe und Gefahr. — Garibaldi's Flucht.

Der Tod seiner geliebten Margarethe machte einen tieferen Eindruck auf G a r i b a l d i, als sich nach seinem leidenschaftlichen Charakter und seinem wildbewegten Leben hätte erwarten lassen.

Und doch war dieser Eindruck eben so natürlich als begreiflich für den Menschenkenner, den schärfern Beobachter. Denn in den seltenen Pausen seines bewegten Lebens hatte der Umgang mit seiner geliebten Frau ihm durch den Contrast eine Erholung, eine Erquickung bereitet, die er jetzt schmerzlich entbehrte, denn wenn er an der theilnehmenden Brust Margarethens von den Mühseligkeiten der ununterbrochenen Kämpfe auszuruhen sich sehnte, dann war Niemand da, diese Sehnsucht zu befriedigen. Freunde hatte er wohl unter dem Trupp, an dessen Spitze er stand, aber es war mehr die demüthige, zurückhaltende Freundschaft des Untergebenen gegen den Vorgesetzten, die ihm bewiesen wurde, und was ist selbst die vertrauteste Freundschaft des Gleichgestellten im Vergleich zu der hingebenden Liebe einer treuen Lebensgefährtin?

Bald nach dem Tode Margarethens bemerkten daher seine Gefährten eine auffallende Veränderung in dem Charakter Garibaldi's. Er wurde traurig, träumerisch, niedergeschlagen, und unverkennbar fiel das Leben ihm zur Last.

Raffte er sich dann auf aus der lähmenden Melancholie, so suchte er zu seiner Zerstreuung die gefahrvollsten, abenteuerlichsten Unternehmungen auf. Mit kalter Todesverachtung und wahrer Tollkühnheit stürzte er sich in Gefahren, aber mit einem an das Fabelhafte grenzenden Glücke entging er ihnen stets, oder mit unglaublicher Gewandtheit wußte er sich dem unvermeidlich scheinenden Verderben zu entziehen.

Seine Unternehmungen führten indeß endlich bei ihm die Ueberzeugung herbei, daß die Stunde der Befreiung für sein Vaterland noch nicht gekommen sei, und allmählig befestigte sich bei ihm mehr und mehr der Vorsatz, den bisherigen Schauplatz seiner Thaten zu verlassen und endlich den Rath zu befolgen, den sein Oheim und Vormund ihm sterbend ertheilt hatte.

Als dieser Vorsatz zum Entschlusse gereift war, versammelte er eines Morgens alle seine Gefährten und sprach so zu ihnen:

„Meine theuren Brüder, wir hatten uns die schwierige und gefahrvolle Aufgabe gestellt, für die Befreiung unseres geliebten Vaterlandes von dem verhaßten Joche der Fremdherrschaft zu wirken. Wir thaten zur Vollbringung dieses geheiligten Zweckes Alles, was Männer von Herz und Unternehmungsgeist zu thun vermögen. Wir haben das Eigenthum und die Personen geachtet, die Schwachen beschützt, den gefallenen Feind großmüthig behandelt. Wir waren eines bessern Looses würdig. Geduld indeß; eine glücklichere Zukunft wird eines Tages für Italien anbrechen. An dem Tage, wo dieß geschieht, meine Freunde, sollt Ihr mich bereit finden, wieder den Befehl über Euch zu führen, oder einem Würdigeren zu gehorchen.

„Wir haben miteinander Monate der Gefahren, der Abenteuer und der Besorgnisse durchlebt, aber wir haben uns nie ein Verbrechen zum Vorwurf zu machen gebraucht.

„Ist es Gottes Wille, so finden wir uns einst wieder zusammen, und ich hoffe zuversichtlich, daß wir Alle dann noch dieselben sein werden."

Mit dieser Abschiedsrede entließ er seine bisherigen Gefährten. Jedem einzelnen schüttelte er mit warmem Drucke die Hand, und als der letzte mit stummem Gruße von ihm geschieden war, wandte auch er den schwarzen Bergen den Rücken und ergriff den Wanderstab, um in einer neuen Thätigkeit die Beschwichtigung seines glühenden Freiheitsdranges aufzusuchen.

Er schlug den Weg nach Frankreich ein, und nach tausend überstandenen Gefahren und Mühseligkeiten erreichte er endlich glücklich Marseille.

Aber was sollte er hier? Sein Name war zu bekannt, sein revolutionäres Treiben bei der damaligen Regierung des Landes zu verrufen, als daß er hätte hoffen dürfen, hier einen passenden oder ihm zusagenden Wirkungskreis für seine Fähigkeiten zu finden. Auch hatte er sich bereits zu sehr an das Leben aufregender Thätigkeit, an eine Existenz der Kämpfe und Gefahren gewöhnt, um den Gedanken an ein ruhiges, bürgerliches Wirken erträglich zu finden. Kaum den Kämpfen und Gefahren entronnen, sehnte er sich schon wieder nach neuen Gefahren und neuen Kämpfen.

Wo er den Schauplatz derselben finden sollte, das galt ihm in seiner jetzigen Stimmung so ziemlich gleich, und nachdem er seinen Sohn, das Kind seiner geliebten Margarethe bei einer Familie untergebracht hatte, die er während seines frühern, längern Aufenthaltes in Marseille kennen gelernt, und in deren Schloß er den Knaben, der bei seinem zarten Alter einer mütterlichen Pflege noch nicht entbehren konnte, gut aufgehoben wußte, schiffte er sich, ohne einen bestimmten Lebensplan zu fassen, auf einer ägyptischen Corvette ein, die zufällig segelfertig im Hafen lag.

Bald wieder in Thätigkeit zu gelangen, war sein einziger Wunsch; deßhalb fragte er auch nicht weiter nach dem Bestimmungsorte der Corvette. Zwar hatte er halb die Absicht gehabt, dem Vicekönig von Aegypten seine Dienste anzubieten, als aber nach einer stürmischen Fahrt, bei welcher das Schiff, an dessen Bord er sich befand, in der größten Gefahr geschwebt hatte und derselben nur durch seine Geistesgegenwart und seinen Muth, verbunden mit seinen nautischen Kenntnissen, entrissen worden war, die Corvette in Tunis einlief, war ihm auch dieß gleichgültig. Er erblickte darin eine Fügung seines Schicksals, und demselben folgend, stieg er an das Land.

Durch den Kapitän des ägyptischen Fahrzeuges, der seine Dankbarkeit gegen den kühnen Abenteurer, dem er die Erhaltung seines Schiffes verdankte, nicht verleugnete, verbreitete sich schnell der Ruf dessen, was Garibaldi gethan. Wo er sich zeigte, wurde er von Neugierigen umstanden, die den ausgezeichneten Seemann kennen zu lernen wünschten, denn bei diesem ehemaligen Seeräubervolke herrschte noch immer die lebhafteste Bewunderung für jede kühne That, die auf dem Meere vollbracht worden war, und nicht genug hatte der Egypter die kalte Entschlossenheit Garibaldi's zu rühmen vermocht.

Nicht lange dauerte es, da hörte auch der Dey den Namen des kühnen Fremdlings rühmlichst nennen. Alsbald ließ er Garibaldi vor sich bescheiden und machte ihm den Vorschlag, in seine Dienste zu treten und als Capitän den Befehl eines größern Schiffes zu übernehmen.

Garibaldi blieb kaum eine andere Wahl, als diesen Antrag anzunehmen. Den größten Theil seiner ohnehin geringen Hülfsmittel hatte er in Marseille gelassen, um für längere Zeit die Kosten für seinen Sohn zu decken. Was er noch besaß, reichte nur für kurze Zeit zu seinem eigenen Unterhalt hin, und ohne sich lange zu besinnen, nahm er den ihm angetragenen Posten an; das Ansinnen jedoch, zugleich auch den Glauben zu wechseln, wies er mit entschiedener Festigkeit zurück, und der Dey drang deshalb nicht weiter in ihn, denn er fürchtete, dadurch einen Diener zu verlieren, auf dessen Besitz er nach dem, was er von Garibaldi gehört hatte, viel Gewicht legte.

Beide Theile fanden keine Ursache, den abgeschlossenen Vertrag zu bereuen, denn Garibaldi sah sich bald durch das Vertrauen des Deys geehrt, und dieser übertrug seinem neuen Schiffscapitän manche wichtige Geschäfte des Seewesens, die Garibaldi stets mit Eifer und Geschicklichkeit und zur größten Zufriedenheit seines Gebieters ausführte.

Indeß war es nicht Garibaldi's Bestimmung, lange in dieser Existenz zu bleiben, die zwar voller Thätigkeit, dennoch aber vergleichsweise sehr ruhig und durchaus friedlicher Natur war.

Er hatte sich nach Kämpfen, nach Gefahren gesehnt, und wenigstens die letzteren sollten ihn nur zu bald aufsuchen.

Als er eines Tages bei dem Dey, der ihm freien Zutritt gewährt hatte, eintrat, sah er eine weibliche Gestalt sich mit allen Zeichen des Schrecks aus den Armen des Herrschers winden und in ein anstoßendes Gemach entfliehen, dessen schwere Seidenvorhänge rauschend hinter ihr zufielen.

Finstern Blickes fragte ihn der Dey nach der Ursache seines Kommens; als aber Garibaldi ruhig antwortete, einen ausführlichen Bericht über die Vollziehung eines empfangenen Auftrages erstattete und dabei auch nicht einen einzigen Blick nach jenem Thürvorhange sendete, da schwand die Wolke der Eifersucht von der Stirn des Deys. Er hielt sich überzeugt, Garibaldi hätte die entfliehende Gestalt nicht bemerkt, wenigstens ihre Züge nicht erkannt, und unvermindert kehrte die Kunst zurück, die er Garibaldi geschenkt hatte; daran konnte dieser nicht zweifeln, da der Dey sich längere Zeit mit ihm unterhielt und ihm, ehe er ihn entließ, durch einen abermaligen wichtigen Auftrag einen neuen Beweis seines Vertrauens gab.

Indeß hatte der Dey sich dennoch getäuscht. Garibaldi's scharfem Auge hatte selbst der kurze Moment, in welchem die fliehende Frauengestalt sich ihm zeigte, genügt, um ein Wesen von unendlichem Liebreiz zu erkennen, und sein entzündbares italienisches Blut durchglühte ihn wie durch einen Zauberschlag mit der heftigsten Liebe zu dem wunderschönen Weibe.

Aber er konnte nicht zweifeln, daß es Leila, die Favorit-Sultanin des Deys, gewesen war, die er durch seinen unerwarteten Eintritt überrascht hatte, und augenblicklich die Gefahr erkennend, die über seinem Haupte schwebte, wenn der Dey auch nur die leiseste Ahnung von den Gefühlen bekam, welche der Anblick Leilas in seinem Herzen entzündet hatte, wußte er seine äußere Ruhe so vollkommen zu bewahren, seine Blicke so ganz zu beherrschen, daß er seine Augen auch nicht ein einziges Mal nach dem Vorhange richtete, zwischen dem hindurch, wie seine Eitelkeit oder eine geheimnißvolle Ahnung ihm zuflüsterte, das reizende Weib nach ihm herüber sah, vielleicht gleich ihm in sympathetischem Gefühle von einer plötzlich erwachten Leidenschaft erfüllt.

Daß dem wirklich so sei, konnte er kaum noch bezweifeln, als er zum Abschiede sich tief vor dem Dey verbeugte, dabei es wagte, über des Gebieters Achsel hinweg einen flüchtigen Blick nach dem Vorhange zu richten, und zwischen dem geöffneten Spalt desselben hindurch zwei wunderschöne Augen mit glühendem Blick und feurigem Ausdruck auf sich geheftet sah.

„Sie liebt mich!“ flüsterte er in sich hinein, als er das Gemach des Sultans verließ, und verschwunden war in diesem Augenblicke jeder Gedanke an die Gefahren, die ihm erwachsen mußten, wenn er diese Liebe zu verfolgen wagte.

An dem Abend dieses Tages glitt eine Barke, nur von einem einzigen Manne gerudert, unter der Mauer dahin, welche den Serail-Garten des Deys auf der Seite des Meeres einfaßte und durch ihre Höhe nicht nur jedes Späherauge, sondern auch jeden kühnen Eindringling abhalten zu können schien. Aber welche Mauer wäre jemals hoch genug, um für die verlangende Liebe unübersteiglich zu sein?

Auch Garibaldi schreckte dieses Hinderniß nicht zurück, und entschlossen, seine Liebe zu der schönen Lerla auf jede Gefahr hin zu verfolgen, hatte er sich mit einbrechender Dunkelheit in die Barke gesetzt, um, wie er beinahe jeden Abend pflegte, hinauszufahren auf das offene Meer, und hier in der Stille und Einsamkeit der Nacht des fernen Vaterlandes zu gedenken und seinen Freiheitsträumen nachzuhängen.

Auch heute wieder schlug er den gewohnten Weg ein, doch nur um das Auge eines möglichen Spähers zu täuschen und um keinen Verdacht zu erwecken, indem er sogleich die Richtung nach dem Garten des Serails einschlug.

Doch kaum hatte er das offene Meer erreicht, kaum durfte er überzeugt sein, daß er keinen Verrath mehr zu fürchten brauchte, als er den Kiel seines Fahrzeuges wendete und dem Ufer wieder zusteuerte. Denn nicht an das ferne Vaterland dachte er, sondern an die in seiner Nähe weilende Geliebte, nicht von Freiheitsträumen war er erfüllt, sondern von Liebesträumen, und begünstigte das Glück, wie schon oft, seine Verwegenheit, dann durfte er hoffen, noch heute diese Träume zur beseligenden Wirklichkeit werden zu sehen.

Auf unverdächtige Weise hatte er zu erforschen gewußt, daß Lerla, die als Favorit-Sultanin mancher

Freiheit genoß, welche den andern Frauen des Deys versagt war, oft in der erquickenden Kühle der Nacht in einem Kiosk zu weilen pflegte, der unmittelbar an dem Ufer des Meeres lag und aus den dicht vergitterten Fenstern die Aussicht auf den Spiegel der See gewährte.

Dort hoffte er sie auch heute zu finden und, nachdem er sich ihr auf eine oder die andere Weise bemerklich gemacht, mit Hülfe der mitgenommenen Strickleiter, die Mauer zu übersteigen und in die Arme der Geliebten zu eilen.

Kühn, überkühn vielleicht, war die Hoffnung, daß das flüchtige Zusammentreffen an diesem Morgen in dem Busen Leilas gleiche Gefühle entzündet hätte, wie in seinem Herzen, aber nach dem einen Blicke, den er von ihr erhascht, glaubte er daran nicht zweifeln zu dürfen.

In der That sollte er sich bald überzeugen, daß seine Anmaßung nicht zu groß, seine Hoffnung nicht unbegründet gewesen sei.

Mit langsamen, unhörbaren Ruderschlägen fuhr er unter der Mauer entlang bis zu einer Stelle, wo ein höherer dunkler Körper ihm den Kiosk verrieth, denn die Dunkelheit war so groß, daß er ihn nicht deutlich zu erkennen vermochte.

„Ist sie heute hier? Wird sie noch kommen?“ Das waren die Fragen, die er sich vorlegte, als er die Barke unmittelbar unter den Fenstern des Kiosk an die Mauer lehnte. Da wurde er plötzlich von Wonneschauern durchbebt, denn in den lieblichsten Tönen erschallte über ihm ein leiser, halb klagender, halb heiterer Gesang. Die Worte verstand er nicht, aber der Ausdruck, mit dem sie gesungen wurden, verrieth nur allzudeutlich das Sehnen der Liebe.

Die Sängerin konnte keine andere sein, als Lerla, und ihr Lied sagte ihm, daß ihre Wünsche ihn herbeiriefen, denn sicher galt der Ausdruck ihres Gesanges nicht dem Dey, der nicht geschaffen war, ihre Liebe zu erwecken, und der sie unbezweifelt auch seinerseits nur von roher Sinnlichkeit getrieben, als gehorsame Sclavin in seine Arme schloß.

Als ihr Gesang endete, wagte es Garibaldi, die letzten Noten mit leiser Stimme zu wiederholen. Er glaubte einen unterdrückten Schrei zu vernehmen, und gleich darauf hörte er deutlich, wie leichte Schritte über den knisternden Sand der Gänge des Gartens dem Palaste des Serail zueilten.

Schon fürchtete er, die schöne Sängerin erschreckt und verscheucht zu haben, da wurde oben ein Fenster geöffnet, so weit die Gitter dieß gestatteten, und eine liebliche Stimme rief leise flüsternd seinen Namen herab.

Bedurfte es mehr, um ihm die beseligende Ueberzeugung zu gewähren, daß er geliebt sei? Wie aber wäre es möglich gewesen, der Einladung zu widerstehen, die in dieser Nennung seines Namens lag?

Selbst die Gewißheit, daß sicherer Tod seiner in ihren Armen warte, würde in diesem Augenblicke nicht im Stande gewesen sein, Garibaldi zurückzuhalten.

„Ich komme, meine Lerla!“ flüsterte er, ohne daran zu denken, daß sie wahrscheinlich seine Sprache nicht verstand. Im nächsten Augenblicke flog, nur wenige Schritte von dem Kiosk entfernt, die Strickleiter über die Mauer; mit dem behenden, geübten Fuße des gewandten

Seemanns erkletterte Garibaldi die steile, nicht unbedeutende Höhe, und eine Minute später fühlte er seine Lippen versengt von den brennenden Küssen Leïlas.

Doch das liebeglühende Weib vergaß deßhalb nicht die Gebote der Klugheit und Vorsicht. In seiner Muttersprache, wenn auch nur gebrochen, flüsterte sie ihm zu, daß er sich in dem nahen Gebüsch verbergen sollte, bis die Dienerin zurückgekehrt sei, die sie unter irgend einem Vorwande mit einem Befehl fortgeschickt, aus ihren Gemächern einen Gegenstand herbeizuholen, dessen sie zu bedürfen gesagt hatte und den sie jetzt nicht einmal zu nennen wußte.

„Wenn sie zurück ist," flüsterte Leïla, sich innig an Garibaldi anschmiegend, „werde ich ihr hier zu bleiben befehlen, um allein einen Spaziergang durch den Garten zu machen, wie ich dieß oft zu thun pflege. Es kann ihr also dieß Mal nicht auffallend sein, selbst wenn ich länger bleiben sollte, als gewöhnlich, und so ist eine Stunde ungestörten Beisammenseins uns gesichert."

Er folgte ihrer Aufforderung, und als die Dienerin mit dem verlangten Gegenstande zurückkehrte, hatte sie keine Ahnung von der Nähe eines fremden Mannes. Ohne den geringsten Argwohn vernahm sie daher den Entschluß ihrer Gebieterin, wie beinahe alle Abende durch die Gänge des Gartens wandeln zu wollen, und mit Freuden blieb sie zurück, denn in ihrer Bequemlichkeit liebte sie dergleichen Spaziergänge nicht.

Wir wollen Garibaldi und Leïla nicht bei dem belauschen, was sie sich in der nächsten Stunde zu sagen hatten. Es genüge, daß sie beseligt von einander schieden, nachdem sie unter gegenseitigen Liebesschwüren die

Verabredung getroffen hatten, sich so oft als möglich auf gleiche Weise wiederzusehen.

Dieß verstohlene Liebesverhältniß dauerte bereits seit einigen Wochen ungehindert fort, da zeigte eines Tages der Dey seinem bisherigen Günstlinge ein sehr finsteres Gesicht; während er wie gewöhnlich von Angelegenheiten der Marine mit ihm sprach, ruhte sein Auge beinahe fortwährend mit einem tückisch lauernden Ausdrucke auf ihm, und es wollte Garibaldi bedünken, als unterdrücke der Dey zuweilen nur mühsam eine ungestüme Frage oder einen Zornausbruch.

Unser Abenteurer fühlte sich dabei von banger Sorge erfüllt, wenn auch nicht um sich selbst, doch um seine geliebte Lerla; denn er fürchtete nicht ohne Grund, sein Verhältniß zu der Favorit-Sultanin möchte auf irgend eine Weise entdeckt und dem Dey verrathen worden sein. War dieß aber geschehen, dann schwebte das Leben Lerlas nicht minder, wie sein eigenes, in der größten Gefahr.

Wie sollte er sich Gewißheit darüber verschaffen, was vorgefallen sei? An diesem Abend nach dem Kiosk zu rudern, um seine Lerla dort wie gewöhnlich aufzusuchen, durfte er unter den obwaltenden Umständen nicht wagen, und noch war er zu keinem Entschlusse gekommen, als ein kleiner, zerlumpter Knabe an ihn herantrat, sich mit scheuen, ängstlichen Blicken überall umsah und, als er unbemerkt zu sein glaubte, ihm, ohne ein Wort zu sprechen, ein zerknittertes Blättchen Papier in die Hand drückte, und dann davon lief, so schnell seine kleinen Beine ihn tragen wollten.

Garibaldi entfaltete das Zettelchen, und nur mühsam das flüchtige und undeutliche Gekritzel entziffernd, las er:

„Fliehe! Wir sind verrathen; doch noch liegt kein Beweis vor, sondern nur Verdacht. — Flucht allein kann Dein Leben retten, gewiß aber das Deiner

Leila.“

Da galt kein langes Besinnen für Garibaldi. Längeres Verweilen konnte nur sein Verderben herbeiführen und mit ihm das seiner geliebten Leila. Er war daher augenblicklich zur Flucht entschlossen, und schnell Alles zusammenraffend, was er von Werth besaß, begab er sich, alle Heimlichkeit beobachtend, um gegen jede mögliche Verfolgung gesichert zu sein, noch am späten Abend eben dieses Tages an Bord eines Schiffes, das zu seinem Glücke segelfertig war und beinahe unmittelbar nach seiner Aufnahme die Anker lichtete und in See stach, die Fahrt nach Südamerika anzutreten.

Garibaldi's Ankunft in Südamerika. — Er tritt in den Dienst der Republik Uruguay. — Seine Ernennung zum Commandeur der Seemacht der Republik. — Eine That beispielloser Verwegenheit. — Garibaldi's Kampf gegen den englischen Admiral Brown. — Der Sieger wird besiegt. — Garibaldi ein zweiter Cortez. — Errichtung einer italienischen Legion in Montevideo. — Heldenkämpfe gegen Rosas. — Schlacht bei San-Antonio. — Ehrendenkmal der italienischen Legion. — Die Blicke Europa's richten sich auf Garibaldi.

Das Scheiden von Tunis fiel Garibaldi nicht schwer, denn ohne sein Verhältniß zu Lerla würde er wahrscheinlich schon früher den Dienst des Dey verlassen haben, weil ungeachtet der seltenen Gunst, welche sein Gebieter ihm geschenkt hatte, ein Mann von dem Character Garibaldi's sich unmöglich in einem Lande wohl fühlen konnte, in welchem der Wille eines Einzigen als Gesetz galt, dem Alle sich in sclavischer Unterwürfigkeit fügten, und in welchem selbst der Gedanke an Freiheit als Verbrechen galt.

Ueberdieß hatte er als einziger Officier christlichen Glaubens auf der tunesischen Flotte um so mehr gegen Neid, Mißgunst und kleinliche Kabale zu kämpfen, da man ihm die Gunst und das Vertrauen, mit denen der gemeinsame Gebieter ihn ehrend auszeichnete, nicht verzeihen konnte.

Dieß allein würde indeß vielleicht nicht genügt haben, Garibaldi zu bestimmen, eine äußerlich so vortheilhafte

Stellung schon wieder aufzugeben, wäre nur die Art seiner Thätigkeit seinen Wünschen entsprechend gewesen. Dieß aber war keineswegs der Fall; denn wenn er auch viel beschäftigt war und durch die fortwährenden Aufträge des Dey viel Arbeit hatte, so sagten doch diese Beschäftigung und diese Arbeit seinen Begriffen von Thätigkeit nicht zu.

Leichten Herzens wendete er daher dem Lande den Rücken, in welchem ihm während seines kurzen Aufenthaltes Liebesglück und Herrschergunst auf eine beinahe wunderbare Weise gelächelt hatten, richtete noch einen schmerzlich-trüben Blick des Abschiedes über das Meer nach jener Richtung, wo sein geliebtes Vaterland lag, und segelte dann mit höher und leichter sich hebender Brust der neuen Welt entgegen; denn hier durfte er hoffen, einen geeigneten Schauplatz für seinen Thatendurst und seine Freiheitsliebe zu finden.

Es war nämlich nach Europa die Kunde erschallt, die auch Garibaldi vernommen, daß die Mehrzahl der spanischen Provinzen Südamerika's aufgestanden war, das drückende Joch des ungerechten Mutterlandes abzuschütteln, das sich nur allzulange von dem Gelde gemästet hatte, welches die als Stiefkinder behandelten Colonie-Provinzen ihm alljährlich liefern mußten.

Gegen das Ende des Jahres 1839 landete Garibaldi in Rio-Janeiro. Hier fand er die Gerüchte bestätigt, die er in Europa vernommen hatte.

Das ganze spanische Südamerika, oder wenigstens der größte Theil desselben, befand sich in einem Zustande der Gährung und der Unordnung, der sehr günstig für die Pläne der schon damals zahlreichen Ehrgeizigen war, welche die Absicht hatten, das Land zu beherrschen.

Es trennten sich nicht nur die einzelnen Provinzen von den größern Ländern, denen sie zugetheilt waren, und erklärten sich für unabhängige Republiken, sondern es wurden auch in diesen eben erst entstandenen oder noch entstehenden Republiken fortwährende Streitigkeiten durch Eifersüchtige genährt, welche das Land auf eine verderbliche Weise spalteten.

Eine dieser Republiken sah auf solche Weise, während des kurzen Zeitraumes von vier Jahren, nicht weniger als vier Nebenbuhler sich die Präsidentenwürde mit den Waffen in der Hand streitig machen.

In Rio-Janeiro, welches eben damals wunderbarer Weise mit den benachbarten Republiken in freundschaftlichen Verhältnissen lebte, blieb Garibaldi einige Monate, um die Ereignisse zu beobachten und mit Vorbedacht und der möglichsten Berechnung seines Vortheils seine Pläne für die Zukunft zu fassen.

Nach dieser Zeit bot er sein Schwert und seine Dienste der Regierung der Republik Uruguay an.

Die Regierung ging mit Freuden auf sein Anerbieten ein, denn schon war Garibaldi der Ruf seiner seltenen Tapferkeit und seiner ausgezeichneten militärischen Kenntnisse vorangegangen, und ein Mann wie er mußte eben damals der Präsidentschaft sehr willkommen sein, denn Uruguay war in einem Kriege mit der Republik Buenos-Ayres begriffen.

Es hatte nämlich Rosas, Dictator von Buenos-Ayres, der Republik Uruguay, deren Hauptstadt Montevideo ist, einen Präsidenten seiner Wahl in der Person seines Generals Oribes aufgezwungen. Lavalle, der gesetzmäßig erwählte Präsident Montevideo's, wollte sich natürlich diese Anordnung eines Usurpators nicht gefallen lassen und griff zu den Waffen, um einen Krieg zu beginnen, der viele Jahre mit wechselndem Glücke fortgeführt wurde und der später Veranlassung zu der Blokade Montevideo's gab, die von 1842 bis 1848 dauerte.

Der Präsident Lavalle stellte sich selbst an die Spitze seiner Landtruppen, während er Garibaldi den Oberbefehl über die Escadre antrug.

Eine solche Stellung sagte dem kampfbegierigen Garibaldi in jeder Hinsicht zu. Er befand sich dabei nicht nur auf seinem eigentlichsten Elemente, sondern er war auch, was ihm fast noch mehr galt, beinahe unumschränkter Herr über seine Bewegungen und konnte daher allen seinen Plänen und augenblicklichen Eingebungen frei folgen, und demnach auf dem neuen Gebiete seines Wirkens den besten Begriff von seinen militärischen Talenten geben.

Bereitwillig nahm er daher das ihm angetragene Commando an.

Die Flotte bestand aus zwei Abtheilungen. Die eine ankerte zur Vertheidigung der Stadt auf der Rhede von Montevideo, die andere manövrirte auf dem Puncte, wo Parana und Uruguay ihre Gewässer vereinigen, um den Rio-de-la-Plata zu bilden.

Dieser Fluß, welcher hier die beträchtliche Breite von achtundvierzig Kilometern*) hat, bildet die Grenze zwischen beiden Republiken.

Die Hauptereignisse des Krieges zu Wasser trugen sich auf diesem gewaltigen Flusse zu. Beide feindliche Flotten, welche einander beständig in Sicht hatten, verfolgten oder beobachteten sich, suchten sich durch List oder auf andere Weise Menschen zu tödten und Schiffe oder Boote durch Enterung zu nehmen.

Dieß Alles entsprach im höchsten Grade den Neigungen Garibaldi's eben so, wie seinen Fähigkeiten, und seine Thaten auf diesem Gebiete sind in dem Munde des Volkes jener Gegenden zur Legende geworden; das heißt, man erzählt davon noch jetzt mit staunender Bewunderung, doch auch nicht ohne Entstellung oder wenigstens Uebertreibung.

Wir wollen Garibaldi auf dieser Bahn keineswegs Schritt für Schritt folgen; indeß halten wir es für angemessen, hier mindestens einen Zug zu erwähnen, der durch mehrfaches Zeugniß erwiesen ist, und der von dem Character jenes Krieges einen Begriff geben kann, besonders aber von der wirklich beinahe beispiellosen Kühnheit, List und Geistesgegenwart Garibaldi's.

Seit einigen Tagen hatten die beiden Flotten sich einander soweit genähert, daß ein ernster und entscheidender Kampf unvermeidlich zu sein schien.

---

*) Ein Meter ist ungefähr 1¼ Elle unseres Maßes; diese Breite würde demnach etwa 144,000 Fuß betragen.

Bei dieser Lage der Dinge benutzte Garibaldi eines Abends einen sehr dichten Nebel, der sich auf das Wasser herabgesenkt hatte, um eine Recognoscirung vorzunehmen. Von nur zwölf Matrosen begleitet, alle gleich ihm selbst bis an die Zähne bewaffnet, bestieg er ein leichtes Boot und steuerte geräuschlos zu dem Ankerplatze der Schiffe und Boote von Buenos-Ayres und mitten unter dieselben hinein.

Glücklich gelangte er unbemerkt an sein Ziel, und schon hatte er hier seine Absicht so ziemlich erreicht, als ganz plötzlich der Nebel verschwand und er von dem Feinde bemerkt wurde. Eine Goelette von sechs Kanonen verfolgte ihn sogleich, aber durch die äußerste Anstrengung seiner Ruderer wußte er sich derselben zu entziehen, indem er in einer Bucht Zuflucht suchte.

Die Goelette hatte ihn zwar nicht aus den Augen verloren, allein wegen der Untiefen in der engen Bucht durfte sie es nicht wagen, ihn weiter zu verfolgen. Sie legte sich daher vor die Einfahrt der Bucht vor Anker, indem sie hoffte, sich am nächsten Morgen, vermittelst ihrer Boote, Garibaldi's und seiner geringen Mannschaft bemächtigen zu können.

Allein die Bemannung der Goelette wußte nicht, daß Garibaldi nicht der Mann dazu war, sich so gewissermaßen in einer Mausefalle fangen zu lassen.

Mit Hülfe seiner zwölf Matrosen zieht er während der Nacht sein Boot aus dem Wasser, und auf den Schultern der kräftigen, ihm ganz ergebenen Leute wird es über einen Bergrücken getragen und in einer benachbarten Bucht wieder flott gemacht.

So war Garibaldi in Sicherheit und lachte die Feinde aus, die er in ihrer Absicht getäuscht hatte. Aber ein Erfolg, über den tausend Andere an seiner Stelle froh gewesen sein würden, den sie sich vielleicht sogar zum Triumph angerechnet hätten, genügte ihm nicht. Unter Begünstigung der Nacht näherte er sich behutsam der Goelette von der Rückseite, von wo sie freilich den Feind nicht erwartete, den sie vor sich eingesperrt zu haben glaubte und schon als sichere Beute betrachtete.

Ohne bemerkt worden zu sein, steigt er, begleitet von seinen zwölf Matrosen, an Bord des feindlichen Fahrzeuges, findet die halbe Mannschaft im Schlafe liegend, die andere Hälfte durch den unerwarteten Angriff entmuthigt, und bemächtigt sich nach kurzem Kampfe der Goelette, die er im Triumphe als Siegesbeute mit nach seinem eigenen Ankerplatze zurückbringt.

Als einige Zeit darauf eine französisch-englische Intervention die südamerikanischen Wirren durch die Gewalt der Waffen zu schlichten suchte, schreckte Garibaldi selbst vor den überlegenen Streitkräften der mit Recht gefürchteten englischen Marine nicht zurück. Muthig griff er den gegen ihn ausgeschickten englischen Admiral Brown an und schlug denselben trotz seiner Ueberlegenheit. Endlich aber mußte er der Uebermacht weichen. Verfolgt, erdrückt, sahen Alle, die unter seinen Befehlen standen, sein und ihr unvermeidliches Verderben vor Augen, denn an ein Entrinnen war nicht mehr zu denken.

Auch dachte Garibaldi daran in der That nicht, aber eben so wenig daran, sich zu ergeben. Ein Mann seiner Art giebt nicht leicht Alles verloren, so lange ihm nur noch eine Aussicht bleibt, sich der drohenden Gefahr zu entziehen.

Als der Admiral Brown sich seiner bereits bemächtigt zu haben glaubte, schaffte Garibaldi seine Todten und Verwundeten an das Land, wohin die Feinde ihm nicht schnell folgen konnten, und da er seine Flotte nicht zu retten vermochte, zog er, ein zweiter Cortez, es vor, sie lieber selbst in Brand zu stecken, als in die Gewalt des Feindes fallen zu lassen.

Der Kampf wurde nun von dem flüssigen Elemente auf das feste verpflanzt, und bei dieser neuen Kriegsführung zeichnete Garibaldi sich auf jede Weise nicht minder aus, wie bei der früheren.

Er ging für einige Zeit nach Montevideo zurück, um hier eine italienische Legion zu bilden, in welcher er alle seine Landsleute um sich sammelte, welche durch die politischen Stürme Italiens aus ihrem Vaterlande vertrieben worden waren, und bald sah er sich an der Spitze einer Schaar, die zwar an Zahl nur gering war, die aber mit blindem Vertrauen, mit einer Art abergläubischer Verehrung an ihrem Führer hing, der dadurch in den Stand gesetzt wurde, mit seiner Hand voll Leuten wahre Wunder der Tapferkeit zu verrichten.

Uruguay umschließt auf seinem Gebiete, eingefaßt von Flüssen, weite Ebenen und dichte Wälder, welche sich von Motevideo bis zu den Andes erstrecken und unter dem Namen Pampas bekannt sind.

In diesen, von Tigern und Löwen bevölkerten Wäldern, kam es oft zwischen beiden Parteien zu einem Kampfe Mann gegen Mann, der so lange fortgeführt wurde, bis ein Sieger und ein Todter übrig blieben.

Es ist nicht unsere Absicht, Garibaldi in diese beinahe täglichen Gefechte zu begleiten, indeß müssen wir erwähnen, daß er stets in der Mitte seiner Leute kämpfte, daß er keiner Gefahr auswich, daß er zahlreiche Beweise der bewundernswürdigsten persönlichen Tapferkeit gab, und daß er gleichwohl niemals verwundet wurde, oder doch nur so leicht, daß er sich deßhalb nie einen Tag von dem Kampfe zurückzuziehen genöthigt sah.

Wie schon früher in Italien, so entstand durch diese wunderbare Unverletztheit auch hier wieder der Aberglaube, Garibaldi sei stich- und schußfest, und diesen Glauben hegten nicht nur seine eigenen Leute, sondern auch die Bewohner des Landes, besonders aber die Feinde, die zuletzt beinahe so weit kamen, daß sie jeden Angriff auf seine Person für ganz nutzlos hielten.

„Das ist kein Mensch," sagten sie, „sondern der Teufel selbst; oder er steht wenigstens im Schutze des bösen Feindes!"

Oft reichte daher schon sein bloßes Erscheinen und die Nennung seines Namens hin, seine Feinde in die Flucht zu treiben.

Mit voller Zuversicht darf man behaupten, daß bei der Bevölkerung des ganzen spanischen Südamerika kein Name so allgemein bekannt ist, wie der Garibaldi's, daß man von keinem Andern mit einer so scheuen Bewunderung spricht.

In der That verdiente er auch diese Bewunderung, denn wohl selten ist der Guerillakrieg mit solcher Ausdauer, Entschlossenheit, List und Schnelligkeit geführt worden, wie Garibaldi ihn gegen Rosas geführt hat.

Bald erschien er hier an der Spitze einer blitzschnellen Reiterei, bald dort als Führer einer eben so tapfern als unermüdlichen Infanterie, und überall entwickelte er Talent, raschen Ueberblick und persönlichen Muth.

Bei allen diesen Kämpfen handelte Garibaldi selbstständig und gewissermaßen auf eigene Faust, indem er so zu sagen als Liebhaber an dem Kriege Theil nahm, der noch immer wüthete. Denn ungeachtet der englisch-französischen Intervention und der Vernichtung der Flotte von Uruguay, durch deren Verbrennung Garibaldi sein Patent als Oberbefehlshaber mit verbrannt hatte, waren Rosas und sein General Oribes bisher noch nicht im Stande gewesen, des Letzteren Ansprüche auf die Präsidentschaft durchzusetzen. Zwar standen ihre Truppen beinahe vor den Thoren von Montevideo und dieses wurde durch sie hart bedrängt. Aber noch vertheidigte Lavalle seinen Präsidentensitz mit zäher Hartnäckigkeit.

Da der Präsident selbst das Commando seiner Truppen führte, konnte Garibaldi keinen Anspruch auf den Oberbefehl des Landesheeres machen; aber eben so wenig vermochte er sich zu entschließen, unter Lavalle ein untergeordnetes Commando anzunehmen. Gleichwohl wollte er den Mann, der ihn so freundlich aufgenommen und ihm ein so großes Vertrauen gezeigt hatte, nicht im Stiche lassen, und so kämpfte er denn als selbstständiger Führer seiner Freischaar zum Vortheile Lavalles gegen Rosas, dessen furchtbarster Gegner er wurde, indem er sich mit seiner italienischen Legion in der Gegend von Montevideo festsetzte.

Endlich aber glaubte Rosas seines gefürchteten Feindes gewiß zu sein, denn es gelang ihm bei Salta oder San-Antonio, den kühnen Parteigänger, dessen Streitkräfte nicht mehr als 300 Mann zählten, von allen Seiten mit einer Macht von 3000 Mann zu umzingeln. Als dieß geschehen war, — nicht ganz ohne Garibaldi's Absicht, — wurde dieser durch den Dictator von Buenos-Ayres aufgefordert, sich zu ergeben. Garibaldi aber gab die kurze und stolze Antwort: „Ich bin nicht gewohnt, die Waffen zu strecken, sondern sie bis zum letzten Augenblicke zu gebrauchen! — Kommt und holet sie Euch!“

Darauf ließ er die Buenos-Ayrer bis in seine nächste Nähe heranrücken, hielt ihr Feuer aus, ohne zu wanken, stürzte sich aber auch in demselben Augenblicke an der Spitze seiner tapfern Schaar mit dem Bajonnet auf den Feind, durchbrach dessen Reihen an der Stelle seines Angriffes, wendete sich dann entschlossen auf den Gegner, der durch so viel Kühnheit in Verwirrung gebracht wurde, und der Kampf endete mit der vollständigen Niederlage der Truppen Rosas.

Diese That war so glänzend und hatte so bedeutende Folgen, daß die Regierung von Montevideo durch ein Decret verkündete, Garibaldi und die italienische Legion hätten sich bei San-Antonio (von Andern Salta genannt) um das Vaterland verdient gemacht, und zum Lohne dafür derselben das Vorrecht ertheilte, bei jeder militärischen Action auf dem rechten Flügel der eingebornen Truppen stehen zu dürfen.

Außerdem wurde der italienischen Legion das Recht ertheilt, den Jahrestag der Schlacht von San-Antonio und den Namen Garibaldi's mit goldenen Buchstaben auf ihre Fahne zu setzen.

Durch diese in der Kriegsgeschichte beinahe beispiellose That, so wie durch weitere Siege, die Garibaldi bei Cerro und Boyada erfocht, wurde sein Name nun auch in weiteren Kreisen bekannt, und selbst die Aufmerksamkeit Europa's lenkte sich auf ihn. Man erinnerte sich dessen, was er früher in Italien gethan hatte, und die revolutionäre Partei dieses Landes richtete auf ihn von jener Zeit an ihre Blicke, ihn als den künftigen Führer in dem möglichen Kampfe, der von Vielen heiß ersehnt wurde, bezeichnend.

Der Unverwundbare wird verwundet, der Unbesiegbare wird gefangen genommen. — Strenge Behandlung. — Rosas macht Garibaldi Anträge. — Garibaldi weiset sie entschieden zurück. — Ein verunglückter Fluchtversuch. — Die schöne Creolin. — Garibaldi's Befreiung aus der Gefangenschaft.

Doch nicht immer sollte Garibaldi auf gleiche Weise, wie bisher, von dem Glücke begünstigt werden.

1842, in einem der zahlreichen Kämpfe, welche er mit seiner Legion gegen fortwährende Uebermacht zu bestehen hatte und bei dem er abermals die glänzendste persönliche Tapferkeit entwickelte, wurde er gerade im Augenblicke einer Entscheidung, die ihm wieder den Sieg verschaffen zu wollen schien, durch eine Kugel vom Pferde geworfen, als er eben sich der persönlichen Angriffe dreier Feinde zu erwehren hatte. Diese stürzten sogleich über ihn her, und da er selbst zu jedem ferneren Widerstande unfähig war, befand er sich in ihrer Gewalt, noch ehe seine Leute ihm zu Hülfe zu eilen vermochten.

Als Rosas Truppen die Gefangennehmung des gefährlichsten und gefürchtetesten ihrer Gegner erfuhren, brachen sie in ein lautes Triumphgeschrei aus, und zahlreiche Neugierige drängten sich herbei, den Gefürchteten in der Nähe zu sehen, jetzt, wo sie sich ihm gefahrlos nahen konnten, und wo zugleich der Zauber seiner Unverwundbarkeit gebrochen war.

Rosas selbst hoffte, daß ihm nun die Eroberung Montevideo's nicht mehr schwer werden würde, und mit einer verächtlichen Kleinlichkeit der Rachsucht gab er daher den Befehl, den Gefangenen mit aller Strenge zu behandeln.

Garibaldi wurde daher kaum mit dem Nothdürftigsten versorgt, und selbst seiner Wunde wurde nicht die nöthige Sorgfalt gewidmet. Allein er wußte sehr wohl aus vielfacher Erfahrung, wenn auch nicht an sich selbst, doch an seinen Leuten, wie dergleichen Wunden behandelt werden müssen, und jede Hülfe von der Hand seiner Feinde verschmähend, war er sein eigener Wundarzt, und nach nicht gar langer Zeit war er vollständig geheilt.

Von diesem Augenblicke an dachte er nur daran, sich seiner Gefangenschaft und der unwürdigen Begegnung, die ihm in derselben zu Theil wurde, durch die Flucht zu entziehen. Sorgfältig erspähte er jede Gelegenheit dazu, aber sie wollte sich nicht bieten, denn zu wichtig war es für Rosas, sich seinen Gefangenen zu sichern, und derselbe wurde daher auf das Strengste bewacht.

Indeß sollte der Dictator sich in seinen Erwartungen, nach Garibaldi's Beseitigung einen leichten Sieg zu erringen, getäuscht sehen. Der Präsident Lavalle vertheidigte sich mit eben so viel Muth als Geschick, und auch die italienische Legion, obgleich ihres Führers beraubt, bewährte ihren alten Ruhm.

Da dachte Rosas daran, sich in Garibaldi einen unschätzbaren Bundesgenossen zu gewinnen.

Er ließ den Gefangenen, den er bisher keines Blickes gewürdigt hatte, selbst wenn er, wie dieß häufig geschah, unmittelbar an ihm vorüberging, vor sich kommen, um ihn zu bestimmen, in den Dienst der Republik Buenos-Ayres, oder vielmehr in seinen, des Dictators Dienst, einzutreten, denn von einer Republik konnte da wohl nicht die Rede sein, wo der unumschränkte Wille eines Einzigen tyrannischer herrschte, als in der absolutesten Monarchie.

Allein Rosas besaß nicht die geringste Kenntniß von dem eigentlichen Character des Mannes, mit dem er es zu thun hatte; denn er glaubte, Garibaldi durch eine stolze Haltung imponiren zu können und ihn zur Annahme seines Vorschlages dadurch zu bewegen, daß er ihm grell den Unterschied zwischen seiner Lage als Gefangener und der als General der Armee von Buenos-Ayres begreiflich machte.

Daher warf er sich, als Garibaldi ihm gemeldet wurde, nachlässig auf einen Sessel, stützte den Ellenbogen auf den Tisch, sah den Eintretenden streng an, erwiederte dessen zwar artigen, aber keineswegs unterwürfigen

Gruß nur durch ein kaum merkliches Kopfnicken, und sagte erst nach einer längeren Pause, während welcher er ihn vom Kopf bis zu den Füßen maß:

„Garibaldi, ich habe Sie rufen lassen —"

„Rosas, das weiß ich," entgegnete der auf solche Weise Angeredete, nahm einen Stuhl und setzte sich dem Dictator gegenüber. „Ich bin gekommen," fuhr er dann fort, „um zu erfahren, was Sie von mir wünschen."

Das letzte Wort betonte er ganz besonders, um dadurch anzudeuten, daß er nicht gesonnen sei, Befehle zu empfangen.

Rosas frappirte ein Benehmen, auf das er nicht gefaßt war; indeß erkannte er daraus sogleich, daß er auf dem von ihm eingeschlagenen Wege bei diesem Manne nichts erreichen würde, und nur mühsam seinen aufwallenden Zorn bekämpfend, sagte er mit unverkennbarer Verlegenheit:

„General —!"

Seinerseits nach dieser höflicheren Anrede den Ton ebenfalls ändernd, entgegnete Garibaldi:

„Präsident —?"

Rosas war jetzt vollkommen überzeugt, daß er nur dann vielleicht hoffen durfte, bei Garibaldi zu dem gewünschten Ziele zu gelangen, wenn er den bisherigen Hochmuth ganz aufgäbe und mit ihm wie der Gleiche zu dem Gleichen redete. Er sagte daher mit so milder Stimme, als er sie zu erzwingen vermochte:

„Herr General, ich wünschte mit Ihnen über eine Sache von Wichtigkeit Rücksprache zu nehmen."

„Herr Präsident," erwiederte Garibaldi, stets mit der Höflichkeit seines Gegners gleichen Schritt haltend, „Sie finden mich ganz bereit, Sie anzuhören."

„Ich sollte meinen," sagte hierauf Rosas, „einem Manne von ihrer Thätigkeit und Ihrem Unternehmungsgeiste müßte eine längere Gefangenschaft in hohem Grade lästig fallen."

„Allerdings, und besonders, wenn sie mit einer so unwürdigen Behandlung gepaart ist, wie ich sie hier zu erdulden habe," sagte Garibaldi scharf.

Rosas biß sich auf die Lippen; aber er erwiederte nichts, sondern fuhr nach einer Pause fort:

„Ich will Ihnen die Gelegenheit bieten, sich dieser lästigen Gefangenschaft und dieser unwürdigen Behandlung zu entledigen."

„Ist sie mit meiner Ehre verträglich, so werde ich diese Gelegenheit gewiß mit Freuden ergreifen," sagte Garibaldi.

„Sie ist mit dem größten Vortheil für Sie verbunden," entgegnete Rosas.

„Ehre und Vortheil sind bei mir nicht gleichbedeutend," erwiederte Garibaldi. „Doch lassen Sie hören, was Sie mir für eine Gelegenheit zur Wiedererlangung meiner Freiheit zu bieten haben?"

„Wollen Sie den Dienst Lavalles mit dem meinigen vertauschen?"

„Ich diene nicht dem Präsidenten Lavalle, sondern der Republik Uruguay," entgegnete Garibaldi stolz."

„Nun gut, dann," sagte Rosas mit einem beinahe geringschätzigen Lächeln über den Unterschied, den Garibaldi so hervorhob; „wollen Sie in den Dienst der Republik Buenos-Ayres treten?"

„Nein!" lautete Garibaldi's kurze und entschiedene Antwort.

Dunkle Röthe überflog das Gesicht des Dictators, indeß fügte er sogleich hinzu:

„Auch nicht, wenn ich Ihnen das Patent eines Divisionsgenerals ertheile?"

„Auch dann nicht!"

„Aber wenn ich Ihnen zugleich mit dem Patent ein Equipirungsgeld von 10,000 Piaster auszahlen lasse?" fragte Rosas und heftete einen lauernden Blick auf seinen Gefangenen, den er jetzt bei der schwachen Seite gefaßt zu haben glaubte. Doch abermals sollte er sich von seinem Irrthum überzeugen, denn ohne sich nur einen Augenblick zu besinnen, rief Garibaldi zornig aus:

„Ich kämpfe nicht für Geld, sondern für die Freiheit, und alle Schätze der Welt würden mich nicht bestimmen, meine Dienste einem Tyrannen, wie der Dictator Rosas einer ist, zu verkaufen!"

„Ist das Ihr letztes Wort?" rief Rosas mit bebender Stimme.

„Mein letztes!"

„Nun wohl," schrie Rosas, der seinen lange mühsam unterdrückten Zorn nicht länger zu mäßigen vermochte, „so kehren Sie denn zurück in Ihre Gefangenschaft, und der Tyrann wird Sorge tragen, Sie seine Macht fühlen zu lassen."

„Das ist so Tyrannenart," erwiederte Garibaldi, indem er aufstand und der Thür zuschritt. „Vielleicht ist aber die Zeit nicht fern, wo ich Sie meine Macht wieder fühlen lasse, wie Sie dieselbe schon oft empfunden haben."

Mit dieser stolzen Antwort, zu der er indeß nach der übermüthigen Drohung Rosas wohlberechtigt war, verließ er das Gemach, ohne den Dictator nur eines Grußes zu würdigen.

Die Folgen dieses Auftrittes machten sich für Garibaldi nur zu bald bemerkbar, denn hatte er bisher schon mancherlei Entbehrungen ertragen müssen, so wurde er von jetzt ab beinahe wie ein gemeiner Verbrecher behandelt. Es fehlte dazu kaum noch weiter etwas, als daß man ihn mit Fesseln belastete, während man ihn zu Fuß mit dem Heere herumschleppte.

Garibaldi ließ sich, wenn auch zähneknirschend, das Unvermeidliche gefallen; ja er stellte sich sogar, als füge er sich geduldig in Alles und als sei sein Muth gebrochen; denn dadurch glaubte er, die Wachsamkeit seiner Wächter einzuschläfern.

In der That schien ihm dieß auch nach einiger Zeit gelungen zu sein, und endlich bot sich ihm die längstersehnte günstige Gelegenheit zur Flucht.

Rosas brach eines Abends, nachdem er bereits einen anstrengenden Tagesmarsch zurückgelegt hatte, nach kurzer Rast mit einem Theile seiner Truppen nochmals wieder auf, weil er durch einen forcirten Nachtmarsch den Feind zu überfallen hoffte.

Wie gewöhnlich mußte Garibaldi ihm unter der Bedeckung einiger Reiter folgen. Diese hingen schläfrig auf ihren Pferden und achteten kaum auf ihren Gefangenen, der, wie es schien, sich nur mühsam mit ihnen fortschleppte. Plötzlich aber ersah Garibaldi den günstigen Moment, warf den nächsten Reiter mit einem kräftigen Ruck vom Pferde, schwang sich in den Sattel und sprengte den steilen, mit Gebüsch bewachsenen Seitenabhang des Berges hinab, auf dessen Gipfel sie sich eben befanden.

Ehe seine Wächter sich nur zu besinnen vermochten, war er ihren Blicken in der Dunkelheit der Nacht bereits entschwunden, und nur das Poltern der durch den Hufschlag des Pferdes losgerissenen Steine, das Brechen der Zweige bezeichneten die Richtung seiner Flucht.

Die Reiter sendeten ihm auf das Gerathewohl einige Kugeln aus ihren Büchsen nach, aber ihn zu verfolgen wagte bei der halsbrechenden Gefährlichkeit des Weges nicht Einer, und nach wenigen Minuten hatte Garibaldi, von keiner der nachgesendeten Kugeln getroffen, glücklich den Fuß des Berges erreicht und damit seine Freiheit wieder gewonnen.

Doch nicht lange sollte er sich dieser Freiheit erfreuen, denn bald nach Anbruch des neuen Tages, als er über eine weite, offene Strecke fortreiten wollte, sah er sich plötzlich von einer zahlreichen Abtheilung der Reiterei von Buenos-Ayres verfolgt, die von einem Streifzuge oder einer Recognoscirung zurückkehrte.

Zwar versuchte er die Flucht, aber sein Pferd war erschöpft, und bald sah er sich eingeholt. Da er keine Waffe hatte, als den Stock, der ihm zu seiner Stütze gestattet worden war, würde Vertheidigung Wahnsinn gewesen sein, und er ergab sich daher, ohne Widerstand zu leisten, seinen Feinden, die ihn unter manchen Aeußerungen des Spottes und Hohnes über den verunglückten Fluchtversuch mit sich führten.

Rosas ließ ihn sogleich vor sich kommen, und nachdem er ihn mit den unwürdigsten Vorwürfen und Schmähungen überschüttet hatte, die Garibaldi, ohne ein Wort zu erwiedern, mit stolzer Ruhe und geringschätzenden Blicken anhörte, ließ er ihn abführen, indem er ihm noch höhnend nachrief:

„Ihr seht, Garibaldi, daß ich Euch bis jetzt noch immer meine Macht zeigen kann und keine Ursache habe, die Eurige, mit der Ihr mir neulich drohtet, zu fürchten.“

Indeß sollte die beabsichtigte Demüthigung Garibaldi's ganz gegen die Absicht des Dictators zu dem Wohle des Gefangenen gereichen, wie das Schicksal so oft auf ähnliche Weise die tückische Absicht der Tyrannen vereitelt.

In dem Gemache, in welchem Garibaldi auf solche Art behandelt wurde, befand sich nämlich eine reizende junge Creolin, Florita, die Tochter eines der obern Officiere Rosas.

Das schöne Mädchen wurde so Zeugin des ganzen Auftrittes, und es ist sogar wahrscheinlich, daß Rosas sich nur so auffallend benahm, um Florita, um deren Liebe er sich bewarb, einen hohen Begriff von seiner Macht beizubringen.

Er verfehlte indeß den beabsichtigten Eindruck gänzlich; denn Florita, selbst mit einem heldenmüthigen Geiste begabt, hatte schon längst mit Bewunderung von den Heldenthaten Garibaldi's erzählen hören und sich gesehnt, denselben kennen zu lernen. Dieser Wunsch war sogar der Hauptgrund gewesen, weßhalb sie, ohne Rücksicht auf die drohenden Gefahren, denen sie sich dadurch aussetzte, ihren Vater zu besuchen, in das Hauptquartier gekommen war. Eine leichte Verwundung ihres Vaters hatte ihr dazu den willkommenen Vorwand geliehen.

Als nun der schöne Mann mit so würdevoller Haltung, so stolzer Miene, dem übermüthig ihn verhöhnenden Sieger gegenüberstand, fühlte sie sich eben so unwiderstehlich, wie vor Jahren die arme Margarethe, in glühender Liebe zu ihm hingezogen, während das Benehmen Rosas sie mit Verachtung und Erbitterung gegen denselben erfüllte. Wäre sie ihren Gefühlen gefolgt, so würde sie ihm wahrscheinlich in die Arme gesunken sein und ihm mit dem Ungestüm und der Rückhaltslosigkeit der Creolinnen gesagt haben: „Ich liebe Dich!“ Allein ihre Klugheit und die Kenntniß, die sie von dem boshaften Character des Dictators hatte, sagten ihr, daß sie durch ein solches offenes Geständniß sogar das Leben des geliebten Mannes gefährden könnte. Sie bezwang daher wohl ihre Lippen, doch desto freier gestattete sie, von Rosas, hinter dem sie stand, nicht gesehen, ihren Augen, die Gefühle ihres Herzens auszusprechen, und Garibaldi, der diese Sprache wohl verstand, wußte sich die Blicke richtig zu deuten. Jetzt zweifelte er auch nicht mehr daran, daß er eine Verbündete gewonnen hatte, mit deren Beistand es ihm leicht werden würde, seine Freiheit trotz aller Wachsamkeit seines erbitterten Feindes zu erlangen.

Er sollte sich in seiner Erwartung auch nicht getäuscht sehen, denn noch an demselben Abend trat unerwartet Florita zu ihm in die elende Hütte ein, die ihm sammt seinen Wächtern zur Wohnung angewiesen war.

Verwundert, doch auch hoch erfreut, sprang er bei ihrem Eintritte von dem Lager empor, auf dem er sich ermüdet niedergeworfen hatte, trat ihr entgegen, ergriff ihre Hand, zog sie an seine Lippen und bedeckte sie mit feurigen Küssen.

Willig überließ sie ihm die zarten Finger, welche, Verräther an ihren Gefühlen, den Druck seiner Hand erwiederten, und ohne daß sie ein Wort miteinander gewechselt hatten, sanken sie einander in die Arme.

„General," sagte Florita endlich: „Sie dürfen die unwürdige Behandlung, die Ihnen hier zu Theil wird, nicht länger ertragen. Es ist mir gelungen, Ihre Hüter zu bestechen; sie werden Ihrer Flucht kein Hinderniß entgegensetzen. Sie sind daher frei, sobald Sie wollen."

„Nicht ohne Sie, meinen rettenden Engel!" rief Garibaldi feurig und schlang den Arm um das schöne Mädchen.

„Ich bin bereit, Ihnen zu folgen," sagte Florita in heftiger Bewegung, „doch nur als Ihre rechtmäßige Gattin. Sind Sie daher frei, und versprechen Sie mir, daß des Priesters Hand uns vereinigen soll, sobald es sich thun läßt, so bin ich die Ihre."

„Ich bin nicht frei," sagte Garibaldi lächelnd, „denn ich schmachte in Ihren Fesseln, holde Zauberin; aber diese Ketten unauflöslich um mich zu legen, ist mein sehnlichster Wunsch."

Bei den ersten Worten Garibaldi's war Florita erblaßt; nach der Erklärung aber, die er denselben hinzufügte, sank sie abermals an seine Brust, und willig kamen ihre Lippen seinen glühenden Küssen entgegen, sie mit gleichem Feuer zurückgebend.

Zwei Tage später wurde Rosas, der darüber vor Wuth schäumte, die Meldung gemacht, Garibaldi sei mit Hülfe und in Begleitung der schönen Florita entflohen.

So hatte er denn den Gefangenen und die Geliebte zugleich, und Beide mit und durcheinander, verloren und konnte sich von Stunde an auf die heftigsten Angriffe seines Feindes gefaßt machen, der jetzt so viel an ihm zu rächen hatte, obgleich er den größten Theil der Rache durch die Entführung Florita's vorweg genommen.

Garibaldi's Rückkehr an die Spitze seiner Getreuen. — Die muthige Amazone. — Ihre Gefangennehmung. — Weiberlist. — Weitere Kämpfe. — Garibaldi segelt nach Europa, um an dem Kriege in Italien Theil zu nehmen.

Rosas bot zwar Alles auf, um der beiden Flüchtlinge habhaft zu werden, und wäre ihm das gelungen, so würde Garibaldi seine Wiederergreifung sicher mit dem Tode gebüßt haben. Allein dießmal übte das Glück nicht wieder seine Tücke an ihm, und glücklich erreichte er in der Begleitung seiner Florita die Vorposten der Truppen von Montevideo, die in lauten Jubel ausbrachen, sobald sie Garibaldi erkannten. Auch der Präsident Lavalle begrüßte ihn mit aufrichtiger Freude und Herzlichkeit und war auf seinen Wunsch gern bereit, noch an demselben Abend bei der priesterlichen Einsegnung seiner Verbindung mit Florita Zeuge zu sein.

Am nächsten Tage trat dann Garibaldi bereits wieder den Befehl über die italienische Legion an, und die benarbten, wettergebräunten Krieger, die auch während seiner Abwesenheit ihren alten Ruhm bewährt hatten, empfingen den geliebten Führer, der ihnen beinahe ein ganzes Jahr lang geraubt gewesen war, wie die Kinder den theuren, nach langer Abwesenheit zurückkehrenden Vater.

Nur wenige Tage vergingen, und schon empfand Rosas auf sehr empfindliche Weise, daß Garibaldi wieder ihm gegenüber stand. Denn wenn sich auch die italienische Legion unter anderer Führung tüchtig geschlagen hatte, so fehlte ihr doch jene rastlose Thätigkeit, jene unerschöpfliche List, welche Garibaldi allen ihren Unternehmungen zu verleihen gewußt hatte.

Bald griff er hier unerwartet einen Posten an, bald überfiel er gleich darauf einen weit davon entfernten Trupp, als könnte er sich durch Zaubergewalt vervielfältigen oder mit der Eile des Dampfes sich an einen andern Ort versetzen; bald lockte er durch verstellte Flucht einen verfolgenden, viel stärkern Feind in einen Hinterhalt, und so war er in kurzer Zeit wieder wie früher der Schrecken aller Truppen des Dictators Rosas, und es entstand auf das Neue der Glaube, er habe übernatürliche Kräfte zu seiner Verfügung, obgleich das ganze feindliche Heer sich überzeugt hatte, daß Garibaldi wenigstens eben so gut verwundet werden könnte, wie jeder andere sterbliche Mensch.

Was jetzt noch wesentlich dazu beitrug, den Schrecken vor ihm zu vergrößern, war der Umstand, daß seine junge Frau, wie einst Margarethe es gethan, nicht nur alle seine Mühseligkeiten mit ihm theilte, sondern sogar in Amazonentracht im Kampfe nicht von seiner Seite wich und mit meisterhaft gezieltem Schusse ihrer Pistolen manchen Feind zu Boden streckte, auch sogar den Säbel geschickt zu regieren verstand.

So war unter beständigen größeren und kleineren Gefechten beinahe ein Jahr verflossen, seit Garibaldi wieder für die Republik Uruguay focht; da — es war im Jahre 1844 — bat ihn der Präsident Lavalle, den Versuch zu machen, mit drei schwachen Fahrzeugen, — den einzigen, welche bei dem Schutze Montevideo's allenfalls entbehrt werden konnten — Rosas, welcher zehn größere Schiffe commandirte, an einer gefährlichen Diversion zu verhindern.

Garibaldi übernahm den Auftrag, obgleich er dabei erklärte, daß er auf einen glücklichen Erfolg nicht rechnen könne und daß Alles, was er Lavalle versprechen dürfe, sei, ihm die nöthige Zeit zur Concentrirung seiner Streitkräfte zu verschaffen.

Mehr konnte Lavalle nicht verlangen, und Garibaldi leistete nun das Unmöglichscheinende, indem er mit seinen drei kleinen Schiffen drei volle Tage lang einen erbitterten, beinahe ununterbrochenen Kampf gegen die zehn größern bestand, welche Rosas selbst gegen ihn führte, fast außer sich vor Wuth, daß er den Gegner, dessen Streitkräfte im Vergleich zu seinen eigenen nur verächtlich genannt zu werden verdienten, nicht zu vernichten vermochte.

Endlich aber schien dieser Moment gekommen zu sein, denn es war Rosas gelungen, Garibaldi mit seinen drei kleinen, von Kugeln arg zugerichteten Fahrzeugen zwischen sich und das Ufer zu bringen; dieses aber war, von einer Abtheilung seiner Truppen besetzt, stark genug, um Garibaldi selbst die Hoffnung auf einen glücklichen Rückzug abzuschneiden.

Garibaldi aber wußte geschickt so zu manövriren, daß er nach und nach zu einer Stelle gedrängt wurde, auf der der Fluß eine weite Strecke hinein so seicht war, daß man vielleicht fünfzig Schritte weit bequem bis zum Ufer waten konnte.

Kaum hatte Garibaldi diese Stelle erreicht, als nach einer vorhergegangenen Verabredung auf ein gegebenes Zeichen alle seine Leute in das Wasser sprangen, die Verwundeten, die nicht selbst zu gehen vermochten, auf ihren Schultern mit sich forttragend.

Beinahe in demselben Augenblicke schlugen aus den drei verlassenen Fahrzeugen, welche durch die Strömung der verfolgenden Flotte entgegengetrieben wurden, helle Flammen empor, und Rosas mußte sich vor diesen Brandern mit seinen Schiffen zurückziehen, wollte er diese nicht der Gefahr aussetzen, ebenfalls vom dem Feuer ergriffen zu werden.

Gegen eine Verfolgung von dieser Seite war Garibaldi also geschützt, und selbst von seinen Kanonen konnte Rosas keinen Gebrauch machen, denn ihm gerade gegenüber standen auf dem Lande seine Truppen, und diese mußten durch das Feuer auf Garibaldi mit getroffen werden. Es blieb daher dem Dictator nichts übrig, als den Erfolg des Kampfes zwischen der fliehenden italienischen Legion und den sie am Ufer erwartenden Buenos-Ayrern abzuwarten, und Rosas sah mit fieberhafter Spannung, wie Garibaldi, allein seinen Leuten voran, zuerst an das Land sprang.

Rosas ballte dabei wüthend die Hände und knirschte mit den Zähnen, als er, dicht an des verhaßten Feindes Seite, Florita erblickte. Doch bald sah er nichts mehr, als einen wildverworrenen Kampf, denn mit dem gewohnten Ungestüm stürzte sich Garibaldi auf die Feinde. Es galt, um jeden Preis die Reihen derselben zu durchbrechen, denn nur wenn dieß gelang und sie einen hinter den Feinden liegenden Wald erreichten, durften sie auf Rettung hoffen.

Und in der That schlug sich Garibaldi mit seiner Hand voll Leute durch den drei- oder vierfach überlegenen Feind hindurch, und bald hatte der schützende Wald ihn aufgenommen.

Es war ein glänzender Sieg, den Garibaldi erkämpft hatte, aber er konnte sich desselben nicht freuen, denn — seine geliebte Florita, sein heldenmüthiges Weib, war gefangen genommen worden.

In dem Getümmel des Kampfes hatte er anfangs nicht bemerkt, daß Florita nicht mehr an seiner Seite focht, als er es aber bemerkte, als er sah, daß sie sich in der Gewalt des Feindes befand, da war es bereits unmöglich, sie noch zu befreien, und mit blutendem Herzen mußte er sie für den Augenblick ihrem Schicksale überlassen.

Seine Hoffnung war, daß seine Frau durch ihren Muth, ihre Entschlossenheit, unterstützt durch weibliche List, Mittel finden würde, ihre Freiheit zu erlangen, und in der That täuschte er sich auch in dieser Erwartung nicht.

Als Florita sich überwältigt sah und die Ueberzeugung hegen durfte, vor Rosas gebracht zu werden, da war ihr erster Gedanke, was sie thun müßte, um der

Gefangenschaft zu entrinnen, denn freiwillig, das wußte sie gewiß, entließ der Dictator sie nicht, und dabei mußte sie auch noch fürchten, daß er die Gewalt mißbrauchen würde, welche das Kriegsglück ihm über die Gattin seines erbittertesten Feindes verliehen hatte.

List, Verstellung, das waren die einzigen Waffen, die ihr blieben, und diese zur Anwendung zu bringen, so schwer es ihr auch werden mochte, war sie fest entschlossen. Kaum erblickte sie daher Rosas, der ihr mit finster gerunzelter Stirn entgegensah, da eilte sie auf ihn zu, ergriff seine Hand, drückte sie heftig und rief mit freudestrahlendem Blick.

„Gott sei gedankt, — endlich bin ich frei!“

„Wie soll ich das verstehen?“ fragte Rosas überrascht. „Solltet Ihr in dem Wahne stehen, ich sei geneigt, Euch Eurer Gefangenschaft zu entlassen?“

„Ach, was ist die Gefangenschaft bei Euch im Vergleich zu der Sclaverei, die ich bisher zu erdulden hatte.“

„Wäre es möglich?“ rief Rosas voll Staunen. „So seid Ihr also diesem Abenteurer nicht freiwillig auf allen seinen Zügen gefolgt, — habt nicht freiwillig sogar an seiner Seite gekämpft?“

„Wie könnt Ihr glauben,“ entgegnete Florita, „daß ein schwaches Weib dergleichen ohne den äußersten Zwang thun würde? — Wie oft habe ich daher auch den Schritt bereuet, den ich gethan; — wie sehr mich danach gesehnt, wieder —.“

Sie hielt inne, als fürchte sie zu viel zu sagen; ihr Zweck aber war bereits erreicht, denn schnell loderte bei Rosas die alte Liebesflamme empor, und mit dem Tone leidenschaftlicher Zärtlichkeit rief er:

„Florita!“

„Manuel!“ sagte sie leise und schlug verschämt die Augen nieder.

Ungestüm zog er sie in seine Arme, sie aber wehrte ihn sanft ab und sagte dabei mit schmachtendem Tone:

„Noch nicht, Manuel. Gönnet mir wenige Tage der Ruhe, denn ich fühle mich von den Mühseligkeiten, die ich während der letzten Zeit zu erdulden hatte, so angegriffen, daß ich wahrlich der Erholung bedarf; nach drei Tagen aber —.“

Er ließ sie nicht aussprechen, preßte ihr einen glühenden Kuß auf die Lippen, indem er dazu rief:

„Englisches Weib, so bist Du also endlich mein!“

Dunkle Röthe überzog bei dieser Liebkosung Florita's reizendes Gesicht, und ihr ganzer Körper erbebte wie krampfhaft; aber sie bezwang die Erbitterung, von der sie sich ergriffen fühlte, und sagte mit flehender Stimme:

„Schonet meiner, Manuel, und verstattet mir jetzt, daß ich mich zurückziehe, um der mir so nöthigen Ruhe zu genießen.“

„Ich werde Befehl geben, daß Euch jede Bequemlichkeit zu Theil werde, die mein Feldlager zu bieten vermag,“ sagte Rosas, der durch die Verstellung Florita's vollständig getäuscht war, und diese genoß von derselben Stunde an der unbedingten Freiheit, wie sie der anerkannten Geliebten des Dictators zukam. Gränzenlos aber war Rosas Wuth, als er die Täuschung erkannte, da zwei Tage darauf Florita verschwunden war, und er leistete mit einem gotteslästerlichen Fluche den Eid, das nichtswürdige, lügnerische Weib, wenn es ihm abermals in die Hände fallen sollte, der Lust seiner gemeinsten

Kriegsgesellen Preis zu geben; ein Schwur, den der tyrannische, rachsüchtige Rosas gewiß erfüllt haben würde, wäre Florita so unglücklich gewesen, wieder in seine Gefangenschaft zu gerathen. Aber der Himmel beschützte sie gnädig davor, und nachdem sie wohlbehalten zu Garibaldi gelangt war, theilte sie noch vier Jahre lang alle Gefahren und Mühseligkeiten mit demselben und trennte sich nur zweimal von ihm, so lange, als es unumgänglich nöthig war, ihn mit zwei Söhnen zu beschenken.

So kam unter einer beinahe ununterbrochenen Reihenfolge von Kämpfen das verhängnißvolle Jahr 1848 heran.

Voll Entzücken vernahm Garibaldi die Kunde von den Ereignissen in Italien, und jetzt, wo es dem Freiheitskampf für das geliebte Vaterland galt, hätte keine Macht der Welt ihn noch länger in Amerika zurückhalten können.

Unmittelbar nachdem er die Nachricht vernommen, eilte er zu dem Präsidenten Lavalle, um demselben anzuzeigen, daß er die erste Gelegenheit ergreifen würde, um nach Europa zu segeln.

Vergebens blieben alle Bitten, alle Versprechungen des Präsidenten, ihn an seine Sache zu fesseln. Garibaldi blieb unerschütterlich, und freudig willigte Florita ein, ihn zu begleiten, denn ihr Vaterland war überall an der Seite Garibaldi's, der über sie einen eben so unbedingten und unerklärlichen Zauber ausübte, wie er in seiner ersten Jugendblüthe über die unglückliche Margarethe ausgeübt hatte. Auch mehre seiner Getreuen von der italienischen Legion verlangten mit ihm zu gehen, und in ihrer Begleitung schiffte er sich in Mondevideo nach Italien ein.

Garibaldi's Ankunft in Genua. — Enthusiastischer Empfang. — Garibaldi bietet dem König Karl Albert seine Dienste an. — Der König weist ihn zurück. — Er eilt nach Mailand. — Die provisorische Regierung ernennt ihn zum General und überträgt ihm die Organisirung eines Freicorps. — Militärische Operationen. — Einfall in Tyrol. — Garibaldi zieht sich nach der Schweiz zurück. — Nizza wählt ihn zum Deputirten für das piemontesische Parlament. — Auflösung desselben.

Erst als es um die Sache Italiens bereits ziemlich mißlich stand, d. h. gegen Ende des Jahres 1848 langte Garibaldi in Genua an, allein kaum verbreitete sich die Nachricht seiner Ankunft, als er auch überall mit Jubel und Enthusiasmus begrüßt wurde, denn die revolutionäre Partei, welche wir auch die republikanische nennen möchten, erblickte in ihm beinahe noch mehr, als in dem König Karl Albert den Befreier Italiens und hatte daher schon vor seiner Ankunft dafür gesorgt, seinen Ruhm überall zu verkünden und seinen Namen in den Mund des Volkes zu bringen.

Garibaldi sah sich daher, kaum gelandet, von zahlreichen Freunden umgeben. Unter diesen erblickte er manchen Bekannten aus früherer Zeit, aber auch manchen

Fremden, den der Ruf seiner Heldenthaten zum Freunde gewonnen hatte.

Voll Ungestüm drang man von allen Seiten in ihn, er solle sich um Karl Albert, der sich selbst zum Befreier Italiens aufgeworfen habe, nicht bekümmern, sondern sofort die Republik verkünden und sich an die Spitze der republikanischen Streitkräfte stellen. Doch Garibaldi verwarf diesen Antrag. Er stellte seinen Freunden vor, daß es, um dem mächtigen Feinde gewachsen zu sein, vor allen Dingen Noth thue, jeden inneren Zwiespalt zu vermeiden, da derselbe nur zur Zersplitterung der Kräfte und damit zum allgemeinen Untergange führen könne. Deßhalb erklärte er auch, obgleich er seine republikanischen Gesinnungen keineswegs verleugnete, daß er entschlossen sei, seinen Degen dem König Karl Albert anzubieten. Ungeachtet heftigen Widerspruches von Seiten seiner Freunde brachte er auch in der That diesen Entschluß ohne Säumen zur Ausführung, indem er nach der Lombardei eilte, wo damals noch der König, schon halb besiegt, gegen die Oesterreicher kämpfte.

Doch Garibaldi sah sich in seiner Erwartung getäuscht, daß sein Dienstanerbieten voller Freuden angenommen werden würde. Sich seines Werthes wohl bewußt, hatte er mit Bestimmtheit darauf gerechnet; doch die Männer, welche den König Karl Albert umgaben, und auf deren Rathschläge zu hören er sich vielleicht zu sehr gewöhnt hatte, waren der Meinung, ungeachtet der unbestreitbaren Tapferkeit und Kriegstüchtigkeit Garibaldi's sei es zu mißlich, den Beistand eines Mannes anzunehmen, der sich offen als Republikaner bekannt habe und auf dessen Treue daher nicht mit voller Sicherheit zu bauen sei, so wichtig auch allerdings die Dienste sein mochten, die er im Kriege erweisen könnte.

Das Anerbieten Garibaldi's wurde daher abgelehnt, indeß auf so schonende Weise als möglich, denn wenn man sich auch seines Degens nicht bedienen mochte, so wollte man ihn sich doch eben so wenig zum offenen Feinde machen.

Der König soll bei dieser Gelegenheit Garibaldi den Rath ertheilt haben, sich nach dem damals bereits von den Oesterreichern bedrohten Venedig zu begeben. Garibaldi gab darauf, wie erzählt worden ist, die Antwort: „Ich bin ein Vogel für das Freie, aber nicht für den Käfig."

Bei dem entsponnenen Kampfe, der die Unabhängigkeit Italiens, das höchste Streben Garibaldi's, zum Zwecke hatte, unthätig zu bleiben, wäre ihm nicht möglich gewesen. Von dem Könige zurückgewiesen, begab er sich daher nach Mailand und bot der dortigen provisorischen Regierung, gebildet von Maestri, Rostelli und Fanti, seine Dienste an. Diese waren hier sehr willkommen, denn nachdem sich Karl Albert, bei Custozza geschlagen, zurückgezogen hatte, war die Hauptstadt der Lombardei ohne Deckung und stand auf dem Puncte, den Oesterreichern wieder in die Hände zu fallen, von deren Rache dann alle Compromittirten, — und deren Zahl war außerordentlich groß, — Alles zu fürchten hatten.

Die provisorische Regierung gab daher dem zum General ernannten oder vielmehr anerkannten Garibaldi, der bereits in Amerika diesen Rang bekleidet hatte, den Befehl, mit dem so eben durch ihn organisirten Freicorps von 3000 Mann auf das Eiligste Bergamo Hülfe zu bringen.

Garibaldi ging zuerst gegen Brescia vor, welches von den Oesterreichern bedroht war, konnte indeß diese Bewegung nicht vollständig ausführen, weil inzwischen Mailand besetzt, das Thal von Cafferi und die Festung Peschiera aufgegeben waren.

Garibaldi erschien darauf am 5. August vor Monza, und als er dieses von den Oesterreichern stark besetzt fand, zog er sich mit 4000 Mann gegen Como zurück, erreichte dieses aber nur mit 2000 Mann; denn seine neugeworbenen Truppen, an Disciplin und Strapazen nicht gewöhnt, nahmen täglich, ja stündlich durch Desertion ab.

Gleichwohl wurde Garibaldi bei seiner Ankunft in Como von der republikanischen Partei zum Generalissimus ernannt, und er nahm diesen Posten nicht nur an, sondern erließ sogar in seiner neuen Eigenschaft eine Proclamation, durch welche er Karl Albert zum Verräther erklärte. Zugleich bot er Alles auf, die Bewohner dieses obern und gebirgigen Theiles der Lombardei, besonders aber die von Bergamo und Como zu verlängertem Widerstande anzuspornen. Als ihm dieß nicht gelang, bemächtigte er sich der beiden Dampfboote des Comer Sees, wählte eine günstige Stellung, welche ein Dreieck zwischen den österreichischen Truppen, dem neutralen Gebiete der Schweiz und dem Lago maggiore bildete.

Hier leistete er mit einer Hand voll Leute längere Zeit den entschlossensten Widerstand. Durch mehrere glänzende Gefechte zeichnete er sich aus, allein zuletzt wurde er durch die Uebermacht von allen Seiten so hart bedrängt, daß ihm, um nicht den Oesterreichern in die Hände zu fallen, kein anderer Ausweg blieb, als Sicherheit in der Schweiz zu suchen. Er sah sich dazu um so mehr gezwungen, da durch die Niederlagen Karl Alberts für den Augenblick kaum noch einige Hoffnung blieb, das Ziel seines Strebens zu erreichen.

Auf diesem Rückzuge, bei dem er nur von einer schwachen Abtheilung seiner Truppen begleitet war, schien er bereits verloren zu sein; denn von einem starken Corps österreichischer Truppen verfolgt, sah er sich plötzlich von denselben umzingelt. Der einzige Weg zur Rettung, der nach der Schweiz, war ihm abgeschnitten, und Gefangenschaft oder Tod. aller menschlichen Berechnung nach sein und der Seinigen Loos. Schon wollten diese sich entmuthigt dem weit überlegenen Feinde ergeben, da rief Garibaldi ihnen mit donnernder Stimme entgegen:

„Meine Brüder, noch sind wir nicht gefangen! Folget daher meinem Beispiele, und müssen wir fallen, so wollen wir doch wenigstens unser Leben theuer verkaufen! — So viele dieser Kroaten wir mit uns in jene Welt hinübernehmen, eben so viele Feinde hat dann Italien weniger zu bekämpfen! — Drauf!“

Mit diesen Worten stieß er seinem Pferde wüthend beide Sporen in die Seite und stürmte gegen die feindlichen Reihen. Sie wurden von dem kleinen tapfern Häuflein durchbrochen, und der Uebermacht auf kaum glaubliche Weise entronnen, sah Garibaldi bald darauf sich gegen jede Verfolgung auf dem Boden der Schweiz gesichert.

Doch hier war seines Bleibens nicht lange. Er eilte zurück in sein Vaterland, hier den Ausgang der Dinge zu erwarten. Ehe aber das Ende kam, wurde er berufen, wie früher an den Waffenkämpfen, so jetzt an den parlamentarischen Theil zu nehmen. Von seiner Vaterstadt Nizza wurde er zum Deputirten für das piemontesische Parlament gewählt. Allein er hatte hier weder Zeit noch Gelegenheit, sich auszuzeichnen; auch ist er jedenfalls mehr ein Mann zur That, als zum Rath. Kurze Zeit, nachdem er als Deputirter den Eid geleistet hatte, wurde das Parlament aufgelöst, in welchem er während der kurzen Zeit seines Wirkens republikanische Gesinnungen offenbart hatte.

Die Flucht Pius IX. aus Rom. — Proclamirung der römischen Republik. — Mazzini. — Er beruft Garibaldi nach Rom und ernennt ihn zum Oberbefehlshaber aller Truppen der Republik. — Die Freiwilligen Garibaldi's. — Kampf bei der Villa Pamfili. — Gefecht bei Palestrina. — Sieg Garibaldi's über die Neapolitaner bei Velletri. — Fernere Kämpfe in Rom. — Florita's Wirken in den Hospitälern. — Garibaldi und Ciernuschi verlassen Rom und werfen sich in die Gebirge. — Ankunft in San Marino. — Mühseliger Zug über die Apenninen. — Florita erliegt in einem Wochenbette den Anstrengungen und Entbehrungen. — Garibaldi's Ankunft in Genua. — Seine Einschiffung nach Amerika.

Indeß sollte der unermüdlichen Thätigkeit Garibaldi's bald ein neues Feld der Wirksamkeit eröffnet werden.

Papst Pius IX. war (im April 1849) aus Rom entflohen und hier die Republik proclamirt worden. Nach verschiedenen Kämpfen und nachdem mehre Machthaber die Angelegenheiten geleitet hatten, war Mazzini an die Spitze der zwar begründeten, eigentlich aber nur ausgerufenen und noch keineswegs organisirten, geschweige denn consolidirten Republik getreten.

Dieser Mann der Revolution, der früher bei der Freischaar Garibaldi's hatte eintreten wollen, berief diesen nach Rom und ernannte ihn zum Oberbefehlshaber aller Truppen der römischen Republik, die außer den früheren italienischen Soldaten des Papstes namentlich aus Freiwilligen bestand, welche allen möglichen Nationalitäten angehörten. Das Corps, mindestens 10,000 Mann stark, zählte eine Menge Abenteurer, namentlich aber viele politische Flüchtlinge aus aller Herren Ländern, der Mehrzahl nach eine wahre Schaar von Desperados, eben deßhalb aber auch vortrefflich geeignet zu einem Kampfe auf Leben und Tod, wobei für die Sache Roms nur zu bedauern war, daß sehr viele von ihnen für die heilige Stadt und das römische Volk keine Sympathien empfanden.

Noch ehe indeß Garibaldi das Commando der Truppen übernahm, wurde er in die constituirende Nationalversammlung gewählt. Hier bot sich ihm eine Gelegenheit, seine Gesinnungen offen an den Tag zu legen; denn als man einige Zeit berathen hatte, was zunächst zu thun sei, und als aller Wahrscheinlichkeit nach die Prüfung der Vollmachten, dem gewöhnlichen Geschäftsgange nach, das Erste sein mußte, was die Versammlung vornahm, erhob sich Garibaldi und rief: „Beginnen wir damit, die Republik zu proclamiren; das Uebrige wird sich dann finden.“

Diese lakonische Beredtsamkeit verfehlte ihre Wirkung nicht, und einstimmig wurde die Republik als begründet proclamirt.

In seiner neuen Eigenschaft als Generalissimus eines revolutionären republikanischen Heeres befand sich Garibaldi so recht eigentlich an seinem Platze. Mit einer an das Unglaubliche grenzenden Thätigkeit organisirte er nicht nur die Streitkräfte, sondern auch alle andern Vertheidigungsmittel, um den von allen Seiten heranziehenden Feinden die Spitze bieten und den kräftigsten Widerstand leisten zu können. Und dieß war in der That erforderlich, sollte nicht schon jetzt Alles verloren gegeben werden, denn Spanien, Neapel, Oesterreich und Frankreich hatten den Bitten des geflüchteten Papstes Gehör gegeben und sich verpflichtet, das Oberhaupt der katholischen Kirche in seinen weltlichen Besitz wieder einzusetzen.

Merkwürdiger Weise waren es aber nicht die Truppen der drei Monarchen, welche die junge Republik am Meisten zu fürchten hatte, sondern die der Republik Frankreich, an deren Spitze freilich ein Mann stand, der, wie die Ereignisse seitdem hinlänglich bewiesen haben, es schon damals mit der Republik nicht ehrlich meinte.

Garibaldi erblickte indeß in den französischen Soldaten, die unter der Führung des General Oudinot vor Rom erschienen, wahrscheinlich eben so aufrichtige Republikaner, wie er selbst einer war, und machte deßhalb den Versuch, mit ihnen zu fraternisiren. Dieß gelang ihm indeß nicht, und Garibaldi zeigte daher den Franzosen, daß er als Feind zu fürchten sei; denn er lieferte ihnen bei der Villa Pamfili ein sehr hitziges Gefecht, bei dem er 300 Gefangene machte. Als diese durch die Straßen der Stadt geführt wurden, erweckten sie den lautesten Beifall der Bevölkerung, welche nun des endlichen Triumphes schon gewiß zu sein schien, und die Zeitungen schrieben höhnend — die Franzosen hätten ihr Wort gehalten, schon binnen wenigen Tagen in Rom einzuziehen; denn sie hätten in der That ihren Einzug gehalten, indeß freilich nicht als Sieger, sondern als — Gefangene.

Bei diesem Kampfe (am 30. April 1849) trug sich das folgende Ereigniß zu, welches wir nicht mit Stillschweigen übergehen können, da es vorzugsweise geeignet ist, einen richtigen Begriff von dem Character Garibaldi's zu geben.

Er focht fortwährend, gleich einem gemeinen Soldaten, mitten in der Bresche, und zeigte eine Kaltblütigkeit und einen Muth, durch die er sich sogar den Feinden bemerkbar machte.

Während des heftigsten Kampfes fühlte er sich plötzlich in der Brust von einer Kugel getroffen; diese war aber wahrscheinlich aus so großer Entfernung abgefeuert worden, daß sie halb matt war und nur mit dem Tuche der Uniform etwa einen Zoll tief in das Fleisch eindrang. Garibaldi faßte daher vorsichtig das um den Rand der Wunde liegende Tuch, zog mit demselben die Kugel heraus und setzte dann, ohne sich weiter um die Verletzung und das heftig strömende Blut zu bekümmern, den Kampf so ruhig fort, als sei gar nichts vorgefallen.

In Folge dieses Gefechtes wurden mit dem französischen Bevollmächtigten, Herrn von Lesseps, von Seiten der republikanischen Regierung Unterhandlungen gepflogen, welche zu dem Abschluß eines Waffenstillstandes mit dem General Oudinot führten.

Auf diese Weise gegen den einen Feind gesichert, trugen die römischen Triumvirn, die an der Spitze der Regierung standen, dem General Garibaldi auf, sich gegen einen andern zu wenden. Unter Beobachtung des größten Geheimnisses über den Zweck der Expedition, verließ Garibaldi mit nicht mehr als 3000 Mann Rom unmittelbar nach dem Abschluß des Waffenstillstandes mit den Franzosen.

Doch nicht lange sollte die Bevölkerung Roms in Ungewißheit bleiben, denn bereits am 10. Mai verbreitete sich das Gerücht, Garibaldi habe am Tage zuvor mit seinen 3000 bei Palestrina 5000 Neapolitaner unter dem General Rosselini geschlagen, und dieß Gerücht bestätigte sich nicht nur, sondern es brachte auch der als Sieger in Rom einziehende Garibaldi selbst die Nachricht mit, daß er zwei Tage später, d. h. am 11. Mai, bei Velletri, dem Hauptheere der Neapolitaner, commandirt von dem König Ferdinand II. in eigener Person, eine vollständige Niederlage beigebracht habe. Er hatte nicht nur zahlreiche Gefangene gemacht und mehre Kanonen erbeutet, sondern nur durch einen glücklichen Zufall war der König von Neapel selbst der Gefahr entronnen, den Republikanern in die Hände zu fallen, und er hatte sich darauf von dem römischen Boden zurückgezogen, Andern die Sorge überlassend, den heiligen Vater in sein Gebiet wieder einzusetzen.

Bei allen diesen Gefechten kämpfte Garibaldi in vorderster Reihe, um seine nur wenig disciplinirten Truppen durch sein Beispiel zu ermuthigen; aber sein früheres Glück, welches ihm den Ruf der Unverwundbarkeit gewonnen hatte, bewährte sich hier nicht, denn wie er bereits in Rom, wie wir erwähnten, in der Brust verwundet worden war, so trug er auch bei Palestrina und bei Velletri Wunden davon. Waren diese auch nicht so gefährlich, daß sie ihn kampfunfähig machten, so kehrte er doch von seinem Zuge gegen die Neapolitaner mit dem Arm in der Binde zurück, und dieß trug sogar dazu bei, den enthusiastischen Jubel, mit dem ihn die Bevölkerung Roms empfing, noch zu steigern.

Indeß wurde nach Beendigung des Waffenstillstandes die Belagerung Roms durch die Franzosen fortgesetzt, und als sie Anfang Juni vergebens versucht hatten, die ewige Stadt durch einen Sturm zu erobern, bei dem sie erfolglos zahlreiche Menschenleben opferten, sahen sie sich durch Garibaldi's Vertheidigungsanstalten zu einer regelmäßigen Belagerung gezwungen. Diese raubte ihnen dreißig Tage Zeit und kostete viele Opfer, indem die Römer, hauptsächlich aber die Freischaaren Garibaldi's, ihnen den hartnäckigsten Widerstand leisteten. Ganz besonders galt dieß von der Bastion Nr. 8, wo Garibaldi in eigener Person commandirte. Diese Bastei hatten sie bereits erstürmt, wurden aber mit dem Bajonnet wieder daraus vertrieben.

Florita, die treue Lebensgefährtin Garibaldi's, würde gewiß auch hier wieder an der Seite ihres Gatten gekämpft haben, hätte sie nicht denselben binnen kurzer Zeit wieder mit einer Frucht ihrer Liebe beschenken sollen. Aber selbst durch diesen Zustand ließ sie sich nicht abhalten, nach besten Kräften der Sache zu dienen, der sie sich in Gemeinschaft mit ihrem Manne gewidmet hatte; und da ihr die Theilnahme an dem Kampfe untersagt war, widmete sie sich mit Aufopferung und Selbstverleugnung in den Hospitälern der Pflege der Kranken und Verwundeten, so viel Gutes leistend und manchen Segensspruch gewinnend.

Durch die enge Einschließung Roms fehlte es bald an Lebensmitteln; die Opfer an Menschenleben wurden täglich größer, und Entmuthigung begann sich der Bevölkerung zu bemächtigen. Auch begannen die Römer bei dem fortgesetzten Kampfe für ihre Kunstschätze und ihre historischen Denkmäler zu fürchten, und sie würden in dieser Beziehung wahrscheinlich noch ernstere Verluste zu beklagen gehabt haben, als dieß ohnehin schon der Fall ist, wäre nicht dem General Oudinot die Weisung geworden, nach dieser Richtung hin mit möglichster Schonung zu verfahren, auch in jeder Beziehung Sorge dafür zu tragen, daß die Residenz des Papstes nicht zu hart mitgenommen werde.

Bei solcher Stimmung würde wahrscheinlich die Vertheidigung Roms nicht so lange und mit solchem Nachdruck fortgesetzt worden sein, wäre sie nicht größtentheils in den Händen der Fremden und von deren Befehl abhängig gewesen, namentlich von dem Mazzini's und Garibaldi's, und Beide waren nicht gesonnen, die Republik aufzugeben, ohne das Aeußerste zu ihrer Erhaltung aufgeboten zu haben. Besonders Garibaldi machte noch in den letzten Augenblicken allerhand Vorschläge zu verzweifelten Schritten. Bald wollte er die Brücken sprengen, sich dann in die Engelsburg zurückziehen und sich hier bis auf den letzten Mann vertheidigen. Bald stimmte er dafür, die Stadt aufzugeben, sich in die Gebirge zu werfen und hier den Kampf fortzusetzen.

Allein dieß Alles konnte die Entscheidung wohl verzögern, doch nicht verhindern, und es ist daher natürlich, daß Garibaldi mit seinen Vorschlägen nicht durchdrang.

Da weitere Vertheidigung unmöglich, jedenfalls aber nutzlos war, capitulirte deßhalb Rom, und während am

3. Juli auf der einen Seite General Oudinot an der Spitze der Franzosen einzog, verließ Garibaldi die Stadt auf der andern Seite, begleitet von 2500 Blousenmännern zu Fuß und 400 Reitern. Und wohl muß diese Schaar einen eigenthümlichen Anblick dargeboten haben, denn die Blousen waren roth; zwischen ihnen sah man allerhand phantastische Trachten, mit Heckerhut, wallenden Federbüschen, die dreifarbige Schärpe, das republikanische Feld- und Erkennungszeichen, um die Hüften geschlungen oder über die Schulter geworfen.

Wie übrigens Garibaldi auf die Gemüther zu wirken suchte, wie er den Prüfstein des guten Willens anzulegen verstand, das beweist die Proclamation, die er vor diesem Auszuge erließ, und die zugleich ein helles Licht auf seinen eigenen Character wirft. Sie lautet:

„Soldaten! Was ich denen zu bieten habe, die mir folgen wollen, ist: Hunger, Kälte und Sonnenbrand; keinen Sold, keine Kasernen, keine Munition, aber fortwährende Allarmirungen, zahlreiche forcirte Märsche, Bajonnetkämpfe. Wer den Ruhm liebt, wird mir folgen!“

War Garibaldi in dem Rathe mit seinem Vorschlage, den Kampf in die Gebirge zu spielen, und dort so lange als möglich fortzusetzen, nicht durchgedrungen, so stand jetzt, wo er unumschränkter Führer seiner Schaar war, der Ausführung dieses Planes nichts mehr entgegen, und im Verein mit Henri Cernuschi führte er in der That noch einige Zeit den kleinen Krieg fort. Allein bald sah er ein, daß auch hier nichts mehr zu thun sei, und nachdem er manchen tapfern Kampf und zahllose Gefahren bestanden hatte, gelang es ihm, seinen zusammengeschmolzenen Haufen auf das neutrale Gebiet der kleinen Duodez-Republik San-Marino zu führen.

Hier hoffte er sich und seinen Leuten einige Zeit Ruhe und Erholung gönnen zu können, dann aber irgend eine günstige Gelegenheit zu finden, sich den Oesterreichern, die ihn hart und rastlos verfolgten, zu entziehen.

Allein er sah sich in seiner Erwartung getäuscht.

Als er am Abend des 30. Juli mit seiner bunten, durch Mühseligkeiten und Entbehrungen erschöpften Schaar am Fuße des Gebirges anlangte, auf dessen Gipfel das kleine San-Marino, eine feste Felsenburg, liegt, ließ er den Capitano regente, den Präsidenten dieser nur 8000 Seelen zählenden Republik, um Aufnahme in die Stadt bitten. Allein die phantastisch aufgeputzten Gestalten, die zum Theil zerlumpt, von Elend entstellt, dabei aber mit Dolchen, Pistolen, Säbeln und Büchsen bis an die Zähne bewaffnet waren, mochten dem Machthaber nicht als Gäste erscheinen, denen eine harmlose Aufnahme zu gewähren räthlich ist. Er lehnte daher das Verlangen des Eintrittes in die Stadt ab, erklärte sich aber bereit, den Verhungerten Speise und Getränke zu liefern. Diese sollten indeß an die Grenze des kleinen Gebietes gebracht, der Boden der Republik aber von den Begleitern Garibaldi's nicht betreten werden. Doch eine solche Entscheidung sagte den Parteigängern nicht zu, da sie nur auf dem neutralen Gebiete der Republik einige Sicherheit zu finden hoffen durften, während sie auf dem Gebiete des Kirchenstaates, von welchem San Marino umschlossen ist, von Gefahren aller Art umdroht waren, wie sie während der letzten Wochen nur zu deutlich erkannt hatten. Als daher am nächsten Morgen der Tag anbrach, erblickten die Bewohner von San Marino zu ihrem nicht geringen Schrecken, unmittelbar vor dem auf dieser Seite, auf der halben Höhe des Berges gelegenen Stadtthore, den gefürchteten Garibaldi mit seinen Begleitern, und ohne viele Umstände drangen dieselben in das Franziskanerkloster, welches unmittelbar vor diesem Thore gelegen ist.

Den Vorstehern des kleinen Staates gelang es indeß, die Schaar von dem Eintritte in die Stadt selbst dadurch abzuhalten, daß sie nicht nur sofort Alles lieferten, was zur Erquickung der Verschmachtenden erforderlich war, sondern auch außerdem ihre Vermittlung bei dem commandirenden Generale der österreichischen Truppen zusagten.

Die Grundlagen des mit demselben abzuschließenden Vertrages sollten sein:

Freier Abzug ohne Waffen und Kriegskasse; — für Garibaldi selbst und Alle, die noch außer ihm davon Gebrauch machen wollten, Erlaubniß zur Auswanderung nach Amerika.

Der nächste General sagte diese Bedingungen zu, und es war daher nur noch die Bestätigung des obersten Befehlshabers erforderlich. Allein Garibaldi, der vermuthen mochte, daß ihm für seine Person keine Nachsicht gewährt werden würde, wartete diese höchste Entscheidung nicht ab, sondern entfloh unter dem Schutze der Dunkelheit, begleitet von seiner Florita, die ihrer Entbindung mit jedem Augenblicke entgegensah, und etwa 200 der Getreuesten seiner Schaar, die er in sein Vertrauen gezogen hatte und die sich nicht von ihm trennen wollten, obgleich sie eben so wenig, wie er selbst, wußten, was zunächst für sie zu beginnen sei.

Daß er übrigens guten Grund hatte, dem zu mißtrauen, was man über ihn verfügen würde, wenn man ihn in die Gewalt bekäme, beweist die folgende Proclamation, die während seines Aufenthaltes in San-Marino überall hin versendet wurde, wohin er sich möglicherweise wenden konnte:

„Wer seine Flucht begünstigt oder ihn nicht zurückweiset, oder ihn der Behörde nicht ausliefert, oder ihn verborgen hält, wird dem Martialgesetze unterworfen. Bologna, den 4. August 1849."

Garibaldi versuchte, die Ufer des Adriatischen Meeres zu erreichen, um sich nach Venedig einzuschiffen, aber überall fand er sich den Weg versperrt.

So war er seit seiner Entfernung von San-Marino etwa vier oder fünf Tage herumgeirrt, als Florita ihre Stunde gekommen fühlte. Unter den heftigsten Schmerzen sank sie auf den dürren Sand nieder; und ohne die geringste Erquickung oder Hülfereichung, nur von rauhen Männern umgeben, brachte sie nach mehrstündigem Kampfe einen Knaben zur Welt; das Kind starb beinahe unmittelbar nach der Geburt, und die arme Florita, deren Kräfte durch Alles, was sie zu erdulden gehabt hatte, erschöpft waren, folgte nach kaum einer Stunde dem kleinen Erdenbürger nach, der nur einen einzigen flüchtigen Blick in die Welt geworfen hatte.

Garibaldi bekämpfte männlich seinen Schmerz, scharrte Mutter und Kind unter dem Beistande seiner Getreuen in dem Sande ein, auf dem sie ihr Leben ausgehaucht hatten, und setzte dann, finster und gebrochenen Muthes, seinen Marsch fort, ohne daß es ihm vergönnt war, das Grab Floritas auf ähnliche Weise durch eine

Inschrift zu bezeichnen, wie einst das Margarethens. Bei dieser hatte sich ihm dazu der Fels geboten, bei Jener aber würde der Wind bald die in den Sand gegrabenen Buchstaben verweht haben.

Hierauf von seinen Gefährten sich trennend, weil Alle hoffen durften, einzeln eher Rettung zu finden, als in größeren, die Aufmerksamkeit erregenden Trupps, legte Garibaldi, um die Wachsamkeit der rings umher stehenden Oesterreicher zu täuschen, die Kleider eines Hirten an, und in Begleitung eines Einzigen seiner Leute, der gleich ihm als Hirte verkleidet war, durchzog er unter zahllosen Mühseligkeiten, Entbehrungen und Gefahren, die rauhen, unwirthbaren Schluchten der Apenninen. Sie durchwanderten auf diese Weise unerkannt und unangehalten ganz Toscana der Länge nach, und gelangten endlich, am 5. September, nach Porto Venere.

Nur kurze Zeit ruhte Garibaldi in diesem Dorfe aus und verließ es dann, um sich über la Spezzia nach Chiavarri zu begeben. Hier wurde er von der Menge erkannt; man drängte sich von allen Seiten zu ihm, Jedermann wollte ihn sehen, und bald war die ganze Stadt in Bewegung.

Der Intendant, dem das, was vorging, natürlich nicht unbekannt bleiben konnte, der aber nicht nach eigener Machtvollkommenheit zu entscheiden wagte, schrieb an die höhere Behörde, und diese gab ihm den Befehl, Garibaldi nach Genua bringen zu lassen, von wo man ihn dann in ein entferntes Land schaffen könnte.

Nach dem Buchstaben der piemontesischen Gesetze hatte Garibaldi nicht nur seine militärischen Ehrenrechte, sondern auch seine bürgerlichen verwirkt, weil er in Rom

Dienste angenommen und dort ohne vorangegangene Befugniß öffentliche Functionen ausgeübt hatte.

Diese Entscheidung der Regierung rief indeß in dem Parlamente zu Turin eine lebhafte Aufregung hervor. In der Sitzung desselben vom 10. September verlangte ein Deputirter Chiavarris, daß Garibaldi in Freiheit gesetzt werde. Es erhob sich über diesen Antrag eine lebhafte Discussion, aber Garibaldi mußte nichtsdestoweniger Europa verlassen, und er schiffte sich auf dem Tripolis nach Tunis ein.

Einige Personen, welche man für wohlunterrichtet halten muß, versichern, daß Garibaldi hätte bleiben dürfen, wenn er sich dazu entschieden, als Officier in die Armee Sardiniens einzutreten. Diese Personen gehen sogar noch weiter, und behaupten, während Garibaldi's Aufenthalt in Nordamerika — wo wir ihn bald sehen werden — hätte die sardinische Regierung ihrem Consul den Auftrag gegeben, über Garibaldi zu wachen, und es ihm an nichts mangeln zu lassen.

Das Benehmen, welches die Turiner Regierung bei den jüngsten Ereignissen gegen Garibaldi beobachtet hat, scheint zu bestätigen, daß jene Angabe nicht ganz unbegründet war.

Gewiß ist indeß, daß Garibaldi sich in Tunis, wo er einige Handelsspeculationen vornahm, nur kurze Zeit aufhielt, dann nach Tanger und endlich nach Gibraltar ging.

Von hier aus schrieb er an einen seiner Freunde, den Herrn Valerio, den folgenden, vom 15. Juni 1850 datirten Abschiedsbrief.

„Ich reise heute nach Amerika ab, wo ich mich nach New-York zu begeben beabsichtige. Meine Freunde geben mir ein Schiff, das sie unter meinen Befehl stellen. Ich gehe nach Amerika, um als Capitän eines Kauffahrtei-Schiffes das Meer zu befahren, so lange es Gott gefällt. Ich wollte, ungeachtet der für mich verbundenen Gefahren, unter den Farben der mir so theuren Flagge segeln und hatte diese Absicht ausgesprochen. Aber gewisse Handelsspeculationen gestatten dieß nicht, und in meiner Eigenschaft als Kaufmann füge ich mich. Ich kann daher vielleicht unter der Flagge der vereinigten Staaten Nordamerikas die theuren Ufer wiedersehen, auf denen die Hoffnungen meines armen Lebens ruhen.

„Gestatten Sie mir, Ihnen einige Worte über Herrn J. B. Campanetti, den sardinischen Consul in Tanger, zu sagen. Er hat das österreichische Consulat, das ihm nebst einem schönen Einkommen angetragen wurde, abgelehnt. Wir Italiener sind dem Manne zur Dankbarkeit verpflichtet, der sich weigert, unseren Tyrannen zu dienen*).“

Aus diesem Briefe ersehen wir, wie Garibaldi sich um seine persönlichen Interessen so wenig bekümmerte, daß seine Freunde die Sorge dafür statt seiner übernehmen mußten, wie dagegen alle seine Gedanken nur von

---

*) Dieser Brief ist in der Zeitschrift „Concordia“ vom Juli 1850 abgedruckt, und wir glaubten ihn hier als ein nicht unwichtiges Actenstück wiedergeben zu müssen.

seinem Vaterlande, von dessen Unabhängigkeit und von seinem Hasse gegen Oesterreich erfüllt waren*).

*) In dem Augenblick, in welchem die vorstehenden Zeilen zum Drucke befördert werden, verkünden die Zeitungen den Abschluß des Friedens zwischen den beiden Kaisern von Frankreich und von Oesterreich — wenn ein solches Abkommen wirklich ein Friede genannt werden kann — und ohne uns die Sehergabe eines Propheten anmaßen zu wollen, sprechen wir die Vermuthung und die Besorgniß aus, daß dieser sogenannte Friede, bei dessen Abschluß Alle, die — außer dem Kaiser von Oesterreich — wesentlich und zunächst dabei betheiligt sind, durchaus nicht befragt wurden, ob sie mit den über sie getroffenen Bestimmungen einverstanden sind, Garibaldi vielleicht schon in den nächsten Tagen dazu berufen wird, bei den italienischen Angelegenheiten — wir möchten sie lieber die italienischen Wirren nennen — eine noch hervorstechendere Rolle spielen zu sehen, als dieß bisher schon geschehen ist. Es sollte uns gar nicht wundern, ihn offen an die Spitze einer revolutionären-republikanischen Partei treten oder gehoben zu sehen. Denn gleich dem Programm Napoleons III. lautet und lautete von jeher auch das Garibaldi's:

„Vertreibung der Oesterreicher aus ganz Italien,"

und wir bezweifeln nicht, daß dieser „Bandenführer" es bei seinem Worte aufrichtiger meint und unter allen Umständen strenger daran festhalten wird, als der unumschränkte Gebieter Frankreichs. Daß dieser übrigens dem General Victor Emanuels nicht volles Vertrauen schenkt, daß er vielmehr wahrscheinlich in ihm einen gefährlichen Feind fürchtet, geht aus so manchen Mittheilungen hervor, welche die Zeitungen von einer Ueberwachung Garibaldi's durch die französische Polizei gemacht haben, eine Ueberwachung, die sich sogar bis nach Deutschland erstreckt.

Garibaldi's Aufenthalt in New-York. — Der tapfere Parteigänger wird ein friedlicher Lichterfabrikant. — Er geht nach Californien. — Garibaldi's Fahrten an die afrikanischen Küsten und nach China. — Er wird Befehlshaber der Truppen Perus. — Er tritt als Schiffscapitän in die Dienste eines genuesischen Rheders. — Sein friedlicher Aufenthalt auf der Insel Caprera. — Urtheil Alphons Karr's über Garibaldi. — Ausbruch des Krieges von 1859. Graf Cavour und Garibaldi. — Garibaldi wird zum General in sardinischen Diensten ernannt und mit der Errichtung eines Freicorps unter dem Namen der Alpenjäger beauftragt. — Verschiedene Urtheile über Garibaldi als Mensch.

Nicht nach Südamerika, dem Schauplatze seiner früheren Kriegsthaten wendete sich Garibaldi, obgleich bei den dortigen innern Kämpfen sich noch immer ein hinreichendes Feld seiner Thätigkeit geboten haben würde, sondern nach dem friedlichen, mehr dem Handel als dem Kriege zugeneigten Nordamerika.

Sei es nun, daß er fürchtete, dort nicht mehr eine solche Rolle spielen zu können, wie früher, sei es, daß er für den Augenblick die Bürgerkriege satt hatte, genug, er wendete sich nach New-York und begann hier, um den nöthigen Lebensunterhalt zu gewinnen, industrielle Unternehmungen. Namentlich beschäftigte er sich mit der Fabrikation von Lichtern, eine eigenthümliche Thätigkeit für den Mann, der bisher kaum irgendwo einen Augenblick Ruhe zu finden vermochte, sondern von einem innern, verzehrenden Feuer rastlos umhergetrieben wurde, wie von einem wilden Geiste.

Dieser Geist schien ihn aber auch jetzt noch nicht ganz verlassen zu haben, denn nur kurze Zeit vermochte er das friedlich-bürgerliche Leben in New-York auszuhalten, und im Laufe weniger Jahre wechselte er mehrmals rasch hintereinander seinen Aufenthalt und seine Stellung im Leben, obgleich er dabei im Ganzen dem Vorsatze treu blieb, den er von Gibraltar aus gegen seinen Freund Valerio ausgesprochen hatte: das Meer als Führer von Handelsschiffen zu befahren.

Zuerst ging er von New-York nach Californien, doch nicht um sich hier den Goldsuchern oder einer andern Klasse der Abenteurer anzuschließen, die in diesem Lande zahlreicher zu finden sind, als in irgend einem andern Theile der Welt, Australien in neuster Zeit vielleicht allein ausgenommen; sondern stets der Verfolgung seines Planes getreu: das Meer als Kaufmann zu befahren.

Diesen Plan zur Ausführung zu bringen, konnte ihm auch in der That nicht schwer fallen, denn der Ruf seiner Ruhe und Kaltblütigkeit bei Bekämpfung von Gefahren aller Art, mochten sie nun von den Elementen oder von den Menschen herrühren, war bereits so bekannt und allgemein verbreitet, dabei aber zugleich auch seine gründlichen Kenntnisse in der Schifffahrtskunde so unbestritten, daß jeder Schiffseigenthümer sich glücklich schätzte, Garibaldi die Führung seiner Fahrzeuge anvertrauen zu können, denn nie durfte er sein Eigenthum für gesicherter halten, als wenn dieser kühne Mann an Bord commandirte, mochte man ihn auch immerhin mit Recht einen Abenteurer nennen. Wenigstens vollzog derselbe mit Eifer und Geschicklichkeit die ihm übergebenen Aufträge, und nie täuschte er das in ihn gesetzte Vertrauen. Es fehlte daher auch Garibaldi nie an Anträgen, die Führung von Schiffen zu übernehmen, und er befand sich auf diesem Gebiete in ununterbrochener Thätigkeit, wenn er auch dabei den Herrn mehrmals wechselte.

So sehen wir ihn verschiedene Fahrten nach den Küsten Afrika's unternehmen, und dann auf einem peruanischen Schiffe eine Reise nach China machen. Als er von derselben nach Amerika zurückkehrte, besuchte er Montivideo, den Hauptschauplatz seiner Unternehmungen gegen den Dictator Rosas. Dieser hatte sich vermittelst unerhörter Grausamkeiten, Ränke und Verbrechen jeder Art, noch immer auf seinem Posten behauptet, wenn auch oft nur unter blutigen Kämpfen mit den Nachbarn und gegen Aufstände in dem eigenen Lande.

Eben jetzt wieder hatte Rosas Wortbrüchigkeit und Tücke für Montevideo neue Schwierigkeiten und Gefahren herbeigeführt, und Garibaldi, stets bereit, sein Schwert für die Sache zu ziehen, die er für die gerechte hielt, bot der Regierung Montevideo's seine Dienste an. Nach dem, was Garibaldi früher hier geleistet hatte, kann man sich denken, wie freudig dieß Anerbieten angenommen wurde. Allein noch ehe Garibaldi hier die Gelegenheit zu neuer Auszeichnung gefunden hatte, wurde der Streit durch die Vermittelung Frankreichs beigelegt.

Garibaldi, der nun in Montevideo für sich nichts mehr zu thun fand, nahm den Oberbefehl des

Landheeres der Republick Peru an, der ihm jetzt von der Regierung derselben angetragen wurde. Während des kurzen, bald darauf beendigten Krieges bot sich ihm zwar keine Gelegenheit zur Ausführung großer Thaten, indeß bewährte er auch hier wieder in kleinen Zügen, namentlich durch Organisirung und Disciplin, sein militärisches Talent.

Kaum war der Friede geschlossen, als Garibaldi die stolze Rolle als Generalissimus eines wenn auch nur kleinen Heeres mit der bescheidenen eines Kauffahrtei-Capitäns vertauschte. Um so freudiger nahm er diese untergeordnete Stellung an, da sie ihm von einem großen Rheder in Genua geboten wurde und er auf diese Weise Gelegenheit fand, sein Vaterland wiederzusehen, an dem noch immer sein ganzes Herz hing.

Noch ein anderer Beweggrund, der ihm und seinem Charakter selbst in den Augen der strengsten Richter zur Ehre gereichen muß, bestimmte ihn dazu. Es war nämlich im Jahre 1851 Garibaldi's Mutter gestorben, und er sehnte sich danach, ihr Grab besuchen, es pflegen und an demselben beten zu können.

Voller Freuden nahm er daher den Antrag des Rheders an, und so kehrte er schon im Jahre 1854 nach Genua zurück, wo ihm jetzt keine Schwierigkeiten des Aufenthaltes bereitet wurden.

Nachdem er ungefähr ein Jahr lang ein Schiff dieses Rheders auf einigen kürzeren Fahrten geführt hatte, verließ er den Dienst desselben und zog sich zuerst nach seiner Vaterstadt Nizza zurück, dann aber nach der kleinen Insel Caprera, wo er eine Besitzung erstanden hatte. Auf dieser machte er sich, unterstützt durch seine herangewachsenen Söhne *) zum eifrigen Landwirth. Er legte nach einem größern Maßstabe industriell-landwirthschaftliche Unternehmungen an, pflanzte Bäume, machte Felder urbar und brachte dann von Zeit zu Zeit die Erzeugnisse seines Fleißes auf einem kleinen Kutter selbst zum Absatz nach Nizza.

Hier machte sein Erscheinen jedesmal ein gewisses Aufsehen, da er bei der Bevölkerung allgemein bekannt ist. Man drängte sich daher an ihn, und er empfing zahlreiche Beweise der Achtung und des Wohlwollens von Alt und Jung.

Alphons Karr, der rühmlichst bekannte französische Schriftsteller, der sich aus dem bewegten pariser Leben in die nächste Umgebung Nizzas zurückgezogen hat und hier neben der Feder des Journalisten, aber eifriger als diese, den Spaten des Gärtners und das Messer des Pomologen handhabt, fällt aus dieser Zeit des friedlichen, stiller Zurückgezogenheit gewidmeten Lebens Garibaldi's ungefähr folgendes Urtheil:

„Garibaldi genießt in seinem bürgerlichen Leben bei seinen Landsleuten, und eben so auch bei unserer kleinen französischen Kolonie, der allgemeinsten Achtung, und er verdient diese durch seine Rechtschaffenheit, seinen Fleiß, sein Benehmen als Familienvater; obgleich er als Revolutionär, und besonders als besiegter Revolutionär, der Gegenstand vielfältiger Verläumdungen gewe-

---

*) Einige Stimmen haben behaupten wollen, er sei hier auch materiell durch eine Pension unterstützt worden, welche die Regierung Sardiniens ihm zahlte, und die neuesten Ereignisse lassen diese Behauptung wenigstens nicht als ganz unbegründet erscheinen.

sen ist. Diese sind aber entweder böswillige Erfindungen, die jedes Anhaltpunctes entbehren, oder sie leiden wenigstes an arger Uebertreibung und Entstellung."

„Ich meinestheils hatte ihn schon oft und vielfach nennen hören, als ich das erste Mal persönlich mit ihm zusammentraf. Dieß geschah bei der Hochzeitsfeier eines Handwerkers, zu dem wir Beide geladen waren. Zufall oder Absicht hatten uns zu Nachbarn gemacht, und ich hatte daher Gelegenheit, mich auf eine ungezwungene Weise mit ihm zu unterhalten. Er zeigte einen heitern Ernst und war zurückhaltend, ohne verschlossen zu sein. — Alle Anwesenden, den niedern Ständen angehörend, bewiesen ihm eine große Ehrfurcht."

„Seitdem bin ich öfters mit ihm zusammengetroffen, namentlich Sonntags in dem abgelegenen Hafenviertel, wo er mit den Seeleuten allerhand Spiele spielt."

In dieser friedlichen Beschäftigung wurde der Landmann Garibaldi durch den Ausbruch des Krieges 1859 überrascht, oder vielleicht auch nicht überrascht, sondern erfreut; denn es ist anzunehmen, daß sein Interesse für die Sache, der er seit seiner Kindheit angehangen, noch keineswegs erloschen war, daß er daher, unterstützt durch zahlreiche Verbindungen aus früherer Zeit, den politischen Horizont fortwährend mit forschenden Blicken beobachtet hatte, und daß ihm daher die an demselben aufsteigenden Gewitterwolken nicht entgangen waren.

So viel ist gewiß, daß er nicht vergessen war, daß man in ihm vielmehr auch noch jetzt einen der wichtigsten Vorkämpfer für die Idee erblickte, zu deren Vertheidiger der Sohn sich in unseren Tagen gemacht, wie der Vater dieß 1848 gethan: der Idee, ganz Italien zu einem durch

Nationalität vereinigten, von fremdem Einflusse, namentlich aber von fremder Herrschaft unabhängigen Staatenbunde zu machen.

Es ist daher kaum zu bezweifeln, daß Garibaldi mit lebhafter Freude den Ausbruch eines Kampfes begrüßte, der ihm Gelegenheit bot, unter der legitimen Fahne seines Monarchen zu fechten, und der noch einmal seine Hoffnungen belebte, das Ziel seines ganzen Lebens endlich zu erreichen: Sein weiteres Vaterland von der Fremdherrschaft befreit zu sehen, nachdem das engere sich bereits einer Freiheit erfreute, die es zum Gegenstande des Neides für die gleichem Stamme entsprossenen Völker machte.

Er ging daher bereitwillig auf die Vorschläge des sardinischen Premierministers, Grafen Cavour, ein, der sofort nachdem der Krieg Sardiniens, unter der Bundesgenossenschaft Frankreichs, gegen Oesterreich entschieden war, Garibaldi zu sich bescheiden ließ. Mit einer Freundschaftlichkeit, um nicht zu sagen mit einer Darlegung hoher Achtung vor seinen Talenten, die man ihm mehrfach zum lebhaften Vorwurf gemacht hat, empfing der, einem alten Adelsgeschlechte entsprossene Graf den aus dem Volke hervorgegangenen Krieger. Im Namen des Königs Victor Emanuel trug er Garibaldi den Rang eines Generals in der sardinischen Armee an, indem er ihm zugleich den Wunsch aussprach, er möchte, — von der Regierung dazu mit den nöthigen Mitteln versehen — ein Freicorps errichten, welches zwar dem allgemeinen Obercommando unterworfen, außerdem aber seiner selbstständigen Führung untergeben sein sollte, indem es den Zweck hatte, den Oesterreichern durch den kleinen Krieg in dem gebirgigen Norden Sardiniens, nahe der Grenze der Schweiz und der Lombardei sowie Tirols, Abbruch zu thun und Schwierigkeiten zu bereiten. Dabei ist es mehr als wahrscheinlich, daß die Insurgirung der Lombardei und die Bewaffnung des dortigen Landvolkes gleich zu allem Anfange in dem Plane des Ministers und des Generals lag.

Garibaldi ging, wie sich von ihm nichts anders erwarten ließ, voller Freuden auf einen Antrag ein, der ihn neuerdings eben dem Feinde gegenüberstellte, den er seit seiner frühesten Jugend mit fanatischer Erbitterung bekämpft hatte, und der ihm überdieß zu dem Kampfe eben den Schauplatz anwies, der ihm durch seine früheren Unternehmungen lieb und vertraut war.

Garibaldi verließ daher den Grafen Cavour als wirklicher General des Königs Victor Emanuel und mit dem formell bestimmten Auftrage, ein Freicorps zu errichten, dessen ursprüngliche Stärke auf 4000 Mann bestimmt war und das den Namen der Alpenjäger führen sollte.

Ehe wir nun Garibaldi zu diesem neuesten, wahrscheinlich aber noch nicht letzten Abschnitte seines bunten Lebens folgen, wollen wir hier einiger Urtheile erwähnen, die über ihn gefällt worden sind, um ihn dadurch auch als Mensch zu schildern.

Ein österreichisches Blatt sagt:

„Seine Gegenwart und die seiner phantastischen Schaar steht bei den Bewohnern der Orte am Langensee noch in frischem, unerfreulichen Andenken.“

Dieses Urtheil hat sich indeß durch die Ereignisse der Neuzeit keineswegs bewährt, denn es läßt sich nicht bestreiten, daß Garibaldi's Erscheinen in der Lombardei überall mit größerem oder geringerem Jubel begrüßt wurde, und daß seinem Corps zahlreiche Freiwillige aus allen Ständen zuströmten, was sicher nicht der Fall gewesen wäre, wenn man sich dessen in den Gegenden seines früheren, wie seines jetzigen Wirkens auf so unerfreuliche Weise erinnert hätte.

Ein französischer Biograph Garibaldi's, Claude Pita, dessen Schriftchen wir bei dieser Zusammenstellung mit benutzt haben, äußert sich über denselben folgendermaßen:

„Unserer Meinung nach ist der General Garibaldi weder ein Halbgott, noch ein Teufel. Er gehört zu jenen ausgezeichneten Characteren, welche ihr ganzes Leben einem großen, edlen Gedanken widmen. Seine Handlungen beweisen, daß er Republikaner ist, aber sie beweisen ebenfalls, und in noch höherem Grade, daß er vor allen Dingen Patriot ist und daß er der Unabhängigkeit seines Vaterlandes Alles, selbst seine eigene Meinung zu opfern vermag.

„Mit diesen Gesinnungen verbindet er einen unruhigen, verwegenen Geist und eine unermüdliche Thätigkeit. Was aus dem Kreise des Gewöhnlichen, Alltäglichen, heraustritt, ergreift ihn und ist geeignet, ihn zu Abenteuern hinzureißen.

„Sein Talent als einfacher General, seine Tapferkeit als Soldat, sind unbestreitbar; aber man darf sich fragen, ob er auch das Genie besitzt, welches unerläßlich ist, um große Massen aufzuregen und sie einem bestimmten Ziele zuzuführen. Die Ereignisse allein können dafür den Beweis liefern, bis jetzt aber haben wir diesen noch nicht gefunden."

Diesem Urtheile können wir selbst nur theilweise beistimmen. Wenigstens ist das Talent Garibaldi's nicht blos als einfacher General erwiesen, sondern ganz besonders auch als Parteigänger. Daß dazu aber eigenthümliche und ganz andere Eigenschaften erforderlich sind, als sie von einem einfachen General gefordert werden dürfen, der nur höhere Befehle auszuführen hat, selten aber ganz nach eigenem Ermessen zu entscheiden Gelegenheit findet, dafür sprechen außer vielen andern Namen auch die eines Trenck, Schill, Herzog von Braunschweig-Oels, Lützow, Hellwig u. m. A., ganz besonders aber auch der Name Urban, der in dem ungarischen Insurrectionskriege wahrhaft Ausgezeichnetes und Bewundernswerthes als Parteigänger leistete, und der dennoch, Garibaldi gegenüber, nichts auszurichten vermochte. Es standen also auf dem Grenzgebiete Sardiniens und der Lombardei zwei ebenbürtige Widersacher einander gegenüber, und wenn Garibaldi mehr ausrichtete, als General Urban, so ist dieß, nächst seinem eigenen Verdienst, Folge günstigerer anderweitiger Verhältnisse und Ereignisse.

Ein anderes Urtheil (von Louise Göthe) sagt:

„Joseph Garibaldi repräsentirt im höchsten Grade jene persönliche Tapferkeit, welche einst den fahrenden Ritter auszeichnete. Er ist ein Held, wie die Gefährten des Ajax und des Roland, die Verleumdung aber machte ihn zum Räuberhauptmann.

„Nichts kann falscher sein, als dieß Urtheil, und es ist von Wichtigkeit, die Gerüchte zu wiederlegen, welche ihn als einen bewaffneten Mazzini darstellen. Wohl aber scheint er dazu berufen, eine großartige Rolle in dem blutigen Drama zu spielen, welches sich gegenwärtig in Italien zu entwickeln im Begriffe steht*).

„Dieser Sohn eines Fischers, dieser Masaniello des neunzehnten Jahrhunderts, ist keineswegs ein Banditenführer, ein Condottieri, ein Fra Diavolo, sondern einer der achtungswerthesten Männer Italiens."

Die Organisirung der Alpenjäger. — Handschlag der Neugeworbenen und drastische Worte Garibaldi's bei der Anwerbung — Proclamation an die Lombarden. — Stimmen, Mittheilungen und Urtheile über ihn und sein Corps. — Die Bemühungen der republicanischen Partei in Frankreich zu Gunsten Garibaldi's. — Ehrengeschenk für denselben. — Summarische Uebersicht der Unternehmungen Garibaldi's und seiner Kämpfe mit den Oesterreichern. —

Sobald Garibaldi mit der Organisirung der Alpenjäger beauftragt war, ging er mit seiner gewöhnlichen Energie an die Ausführung dieses Auftrages, und er hatte dabei wenigstens in einer Beziehung leichtes Spiel, denn sein Name und der Zweck seiner Werbung waren

---

*) Diese Zeilen wurden unmittelbar nach dem Beginn des italienischen Krieges geschrieben.

bei der Stimmung der Bevölkerung aller italienischen Länder hinreichend, ihm zahlreiche Rekruten zuzuführen.

Originell ist die Art, wie er dieselben in sein Corps aufnahm.

Meldete sich einer dazu, als Freiwilliger in das Corps der Alpenjäger einzutreten, so maß ihn Garibaldi mit prüfendem Blicke vom Kopfe bis zu den Füßen. Sagte er ihm nicht zu, so wies er ihn kurz ab, fand er aber größeres oder geringeres Wohlgefallen an ihm, so reichte er ihm die Hand und sagte dabei, zum Theil mit den Worten die wir bei seinem Scheiden aus Rom anführten:

„Ich habe dir nichts zu bieten, als Durst und Hitze während des Tages, Frost und Hunger während der Nacht, und Gefahren zu allen Zeiten. Am Ende aller dieser Leiden aber steht die Freiheit Italiens. Jeden Dieb lasse ich ohne Gnade und Barmherzigkeit erschießen; jeden Ungehorsamen bestrafe ich strenge. — Nun folge dem Beispiel der Andern; laß dich nicht gefangen nehmen, denn man würde dir keinen Pardon geben. Es steht dir frei, dich durch ein Peloton Croaten wie einen Hund erschießen zu lassen, oder mit dem Säbel in der Faust auf einem Haufen feindlicher Leichen unter dem Rufe zu fallen: Es lebe Italien!“

Man kann sich denken, welchen Eindruck solche Worte auf junge Leute machten, die ohnehin von Freiheitsgedanken begeistert unter die Fahne des kühnen Parteigängers geführt wurden Daß man unter Garibaldi's Commando zahllosen Gefahren entgegenging, daß man unter Mühlseligkeiten und Entbehrungen dem Tode stündlich in das Angesicht schauen mußte, war eine allgemein bekannte Thatsache, allein dennoch ließen sich dadurch junge Leute aus den ersten Familien Italiens, ganz besonders aber aus der Lombardei, nicht abhalten, unter ihm Dienste zu nehmen. Freilich muß dabei erwähnt werden, daß sich dieser Enthusiasmus bei Vielen bald durch die für unmöglich gehaltenen Strapazen und Gefahren abkühlte, und daß auf den freiwilligen Eintritt oft auch schon nach kurzer Zeit ein freiwilliger Austritt folgte, sobald sich dazu eine günstige Gelegenheit zeigte oder herbeiführen ließ.

Die Organisirung der Alpenjäger ging indeß rasch vorwärts, und bald war der Guerilla-Chef in den Stand gesetzt, nicht nur auf der äußersten rechten Flanke der feindlichen Truppen seine Operationen zu beginnen, sondern sogar theilweise im Rücken derselben zu operiren, indem er Streifzüge über die Grenze Sardiniens auf das Gebiet der Lombardei unternahm.

Als dieß das erste Mal geschah, erließ er an die Bevölkerung der Lombardei folgende Proclamation:

„Lombarden! Ihr werdet zu einem neuen Leben berufen und ihr müßt diesem Rufe folgen, wie Eure Väter dieß bei Ponsida und Legnano thaten. Der Feind ist noch immer derselbe: Ein grausamer, unerbittlicher und plündernder Räuber. Eure Brüder aller Provinzen haben geschworen, zu siegen oder mit Euch zu sterben. Uns kommt es zu, die Beschimpfungen, die Knechtschaft zwanzig vergangener Generationen zu rächen; unsere Aufgabe ist es, unsern Söhnen ein Erbtheil zu hinterlassen, welches rein von der Besudelung durch die Herrschaft fremder Soldaten ist."

„Victor Emanuel, den der Wille der Nation zu unserm obersten Führer erwählt hat, sendet mich zu Euch, um Euch zu den patriotischen Kämpfen zu organisiren. Ich bin ergriffen von der herrlichen Sendung, die mir übertragen wurde, und stolz darauf, Euch zu commandiren“.

„Zu den Waffen also, denn die Knechtschaft muß enden.“

„Wer eine Waffe zu führen vermag und sie nicht ergreift, ist ein Verräther.“

„Italien, mit seinen vereinigten und von der Fremdherrschaft befreiten Söhnen, wird den Rang wieder zu erobern wissen, den die Vorsehung ihm unter den Nationen angewiesen hat.“

Dieser Ruf blieb, wie die Erfahrung gelehrt hat, nicht ohne Erfolg, denn bald strömten Tausende aus den zunächstgelegenen Theilen der Lombardei, obgleich dieselben noch zum Theil von den österreichischen Truppen besetzt waren, oder sich jede Stunde die Rückkehr derselben erwarten ließ, den Fahnen Garibaldi's zu.

Wenn dessen Wirksamkeit auf dem Gebiete seiner Thätigkeit gleichwohl nicht in die Augen springender war, so darf dieß nicht überraschen, wenn man bedenkt, daß ein heute geworbener Rekrut nicht gleich morgen gegen den Feind geführt werden kann, sondern daß es selbst bei dem größten Eifer der Angeworbenen, bei den entschiedensten Fähigkeiten der Einübenden, einer gewissen Zeit bedarf, um die junge Manschaft kampffähig zu machen; denn undisciplinirte Truppen, die jeder kriegerischen Einübung entbehren, können wir eher zu Niederlagen, als zu Siegen führen, und wir halten Garibaldi für zu klug, um nicht voraus zu setzen, daß er es seine Hauptaufgabe sein ließ, nicht durch eine entschiedene Schlappe Entmuthigung der Bevölkerung, Erschütterung des in ihn gesetzten Vertrauens, und dadurch das mögliche Scheitern der von ihm vertheidigten Sache herbeizuführen.

Daß übrigens das Freicorps Garibaldi's nicht eine Bande zusammengelaufenen Gesindels sei, wie man von mancher Seite zu behaupten bemüht gewesen ist, geht aus einer Liste der Männer hervor, die sich unter seinem Commando befinden, deren Namen zum großen Theile in gewisser Beziehung, d. h. rücksichtlich ihrer bürgerlichen Ehrenhaftigkeit, ihres Muthes, ihrer Fähigkeiten und Kenntnisse, einen sehr guten Klang haben, und die man wenigstens keinesfalls als „Räuber" und „Gesindel" bezeichnen darf, obgleich die Polizei sie größtentheils als Revolutionäre, unruhige Köpfe oder Abenteurer auf ihrer schwarzen Liste führen dürfte.

Wir nennen hier nach der Angabe schweizerischer Blätter und nach den von diesen gefällten Urtheilen nur einige derselben, indem wir dabei der Angabe eines Schweizer-Blattes folgen, welches versichert, die Nachricht von „wohlunterrichteter Hand" empfangen zu haben. Es heißt dort:

„Das Corps Garibaldi's sollte in Turin auf 6500 Mann*) Freiwilliger gebracht werden. Alle Gari-

*) Wie oben gesagt wurde, war die Stärke ursprünglich nur auf 4000 Mann bestimmt. Diese Zahl war aber wahrscheinlich nur deßhalb so gering gegriffen, um sich nicht im Falle eines geringern Zulaufes eine Blöße zu geben; denn wie der Erfolg gezeigt hat, war Garibaldi bei seinen Anwerbungen nur an eine kleinste, nicht aber an eine höchste Zahl gebunden.

baldi persönlich bekannt, oder von treuer, sicherer Hand empfohlen. Es besteht aus drei Regimentern. Commandant des 1. Regiments Cosenz; Major des 1. Bataillons Sacchi, des 2. Lipari. — Commandant des 2. Regiments Oberst Medici; Majore Riccardo Ceroni und Nino Bigio. — Commandant des 3. Regiments Oberst Ardoino; Majore Stallo und Frigeri. — Stab: Oberst Carrano, Lieutenant Curti. — Ordonnanz-Officiere: Hauptmann Cenni; Lieutenants Bovi und Gian Felice. — Guiden, 200 Mann, bewaffnet mit Lanze, Säbel und zwei Revolvers: Commandant Major Foresti; Premierlieutenant Simoetta; Secondelieutenant Mangiagalli. — Scharfschützen: 200 Mann. — Mehrer der Genannten erinnern wir uns aus den Jahren 1848 und 1849. Der Bravste der Braven, der unvergleichliche Held ist Cosenz, berühmt von der Vertheidigung Venedigs her, namentlich des Forts Malghera, bei der Einnahme von Mestre an der Seite Orsinis die Avantgarte führend; dreimal verwundet, dabei einmal an der Seite des tapfern Schweizers Debrunner. Wir verweisen auf die Urtheile Pepe's und Ulloa's. Medici von Rom her männiglich bekannt. Carrano von Venedig her, zweiter Commandant von San-Secondo, ausgezeichneter Schriftsteller. Ardoino, Foresti und um sich die Elite Italiens! Wie würden nicht fertig, wollten wir Allen gerecht sein."

Soweit das schweizerische Blatt. Bei der Parteinahme desselben für Garibaldi und dessen Officiere müßte man dem Verdacht Raum geben, diese Angabe verdiene wenig Glauben, würde sie nicht durch eine, unseres Erachtens ganz unparteiische, wenigstens unverdächtige Stimme ihrem wesentlichen Inhalte nach bestätigt.

Diese Stimme ist die eines Engländers, der in Gesellschaft einiger Damen reiste und, von dem Verlangen getrieben, den berühmten Parteigänger persönlich kennen zu lernen, in Begleitung seiner Damen Garibaldi in Lugano um die Erlaubniß bitten ließ, ihm einen Besuch machen zu dürfen. Von diesem erzählt er nun Folgendes:

„Nach dem Frühstück schickten wir unsere Karten, worauf der Adjutant Garibaldi's uns sagen ließ, der General schlafe gerade; sobald er jedoch aufgewacht sei, werde er ihm die Karten überreichen, und Garibaldi werde unsern Besuch ohne Zweifel mit Freuden annehmen. Nachdem wir ein Stündchen unter den Freiwilligen umhergewandelt waren, ward uns gesagt, der General werde sich glücklich schätzen, den Damen seine Aufwartung zu machen, und gleich darauf führte man ihn zu uns herein. Er sah ganz anders aus, als wir erwartet hatten. Nach seinen Abbildungen und kriegerischen Thaten hatte ich mir in ihm einen sehr großen Mann mit fahler Gesichtsfarbe, langem schwarzen Haar und Bart und etwas von dem romantischen Wesen jener spanischen Guerillaführer vorgestellt, die ihre eigenen Lieder zur Guitarre sangen und die Leute mit eben so viel Vergnügen todtschlugen.

Was ich sah, war das gerade Gegentheil.

Ich konnte kaum glauben, daß der eintretende und sich zu uns setzende ruhige, einfach natürliche, einem Gentleman ähnlich sehende Mann Garibaldi sei.

Er ist ein kräftig, aber durchaus nicht schwerfällig gebauter breitschultriger Mann mit gewölbter Brust und von mittlerer Größe. Er hat eine gesunde englische Gesichtsfarbe, hellbraunes Haar und Bart von der gleichen Farbe, beides leicht mit Grau gemischt und sehr kurz geschnitten. Die Kopfbildung ist sowohl in intellectueller, wie moralischer Beziehung sehr schön entwickelt und sein Gesicht gut, obgleich für den gewöhnlichen Beobachter nicht gerade bedeutend. Nichts verräth den Mann, welcher im Stande war, Pläne wie den Rückzug aus Rom oder die Einnahme von Como zu entwerfen und auszuführen. Wenn er aber von den Leiden seines Vaterlandes und dem auf ihm lastenden Druck sprach, so konnte man in Auge und Lippen das lange unterdrückte tiefe Gefühl und den festen verwegenen Character des Mannes lesen. Ein Kind würde sich nicht scheuen, auf der Straße stehen zu bleiben und ihn zu fragen wie viel Uhr es ist. Demjenigen aber, über den er das Urtheil gesprochen, daß er in einer halben Stunde erschossen werden soll, wird es nicht einfallen, nachdem er einen Blick auf dieses ruhige entschlossene Gesicht geworfen, seine Zeit damit zu vergeuden, daß er um Gnade bittet. Während unserer langen Unterhaltung sprach er viel von Tages-Ereignissen, nur nicht, in so weit er selbst dabei betheiligt war, und ohne südliche Gesticulation. Er hat die ruhigen Manieren und das ruhige Aussehen eines englischen Gentleman und Officiers, nur wenn er von der Sympathie des englischen Volkes mit dem Leiden Italiens sprach, verließ ihn seine sächsische Ruhe. Dann, während er uns ein Mal über das andere Mal versicherte, wie sehr sie von Italienern jedes Standes gewürdigt werde und wie dankbar sie dafür seien, zeigte er, daß das warme Blut Italiens in seinen Adern brenne.

Ich hatte mir vorgestellt, seine Operationen seien mehr das Werk einer plötzlichen Eingebung, als militärischer Berechnung gewesen; aber so stark seine natürlichen Triebe auch sein mögen, offenbar weiß er sie vollständig zu beherrschen. Kühn und unternehmend bis zur scheinbaren Tollkühnheit ist er ohne Zweifel, aber er ist auch kaltblütig und berechnend, und als ich ihn beobachtete, wie er mir gegenüber am Tische saß und den Damen von seinen Reisen nach China und zu den Antipoden so unterhaltend und gemüthlich erzählte, als ob er sich in einem londoner Salon befände, während er jeden Augenblick von dem Feuer einer auf der Eisenbahn bei seinen Vorposten angekommenen überlegenen österreichischen Streitmacht unterbrochen werden konnte, fühlte ich keinen Zweifel daran, daß er auch für den allerschlimmsten Fall alles genau angeordnet haben und diesen Anordnungen gemäß handeln würde.

Was mir jedoch am Meisten imponirte, war das geistige Kaliber des Mannes. Ehe ich ihn sah, hielt ich ihn für wenig mehr, als einen tapfern volksthümlichen Haudegen. Ich schied von ihm mit der Ueberzeugung, daß seine kriegerische Laufbahn eine bloße Episode in seiner Geschichte ist und daß seine wahre Größe sich in der politischen Wiedergeburt und in der Regierung seines Vaterlandes zeigen wird.

Unter den Hunderten von Garibaldisten, die ich sah, erblickte ich kein einziges eigentliches Verbrechergesicht. Mancher junge Wildfang, dem sein Vater Strafpredigten gehalten und über den seine Mutter geweint hatte, mochte darunter sein, mancher auch ohne Zweifel, der sein Leben mit Schwatzen über italienische Unabhängigkeit vertändelt hatte und der, wäre er ein Engländer gewesen, höchst wahrscheinlich, wäre er ein Schotte gewesen, ganz gewiß, sei es in der Fremde, sei es zu Hause, so lange hart gearbeitet haben würde, um sich persönliche Unabhängigkeit zu erringen, bis die Stunde zum Kampfe der Unabhängigkeit des Vaterlandes schlug. Ich nehme aber keinen Anstand, zu leugnen, daß die Schaar, oder auch nur ein irgendwie nennenswerther Theil derselben, aus schlechten Characteren besteht. Es befindet sich eine große Anzahl von Männern aus den gebildeten Ständen darunter; viele schienen kleine Grundbesitzer, Pächter und Gewerbetreibende oder die Söhne von solchen, und die übrigen Handwerker und Arbeiter aus Stadt und Land zu sein. Sie waren sämmtlich anständig und bequem gekleidet, und ich sah keinen einzigen Zerlumpten unter ihnen. Ihr Benehmen war überall dasselbe, ruhig und ordentlich".

Die vollste Glaubwürdigkeit aber erhalten diese Angaben dadurch, daß sie sogar durch ein Wiener Blatt — den Wanderer — bestätigt werden; denn bei der sehr natürlichen und begreiflichen Antipathie, welche in der Brust jedes Oesterreichers gegen den verwegenen Guerillaführer herrscht, läßt sich mit Gewißheit annehmen, daß Nichts, was nur irgend zum Lobe G a r i b a l d i's und seiner Leute spricht, in den Spalten einer österreichischen Zeitung Aufnahme gefunden haben würde, wäre die Redaction nicht vollkommen von der Wahrheit und Richtigkeit des Mitgetheilten überzeugt gewesen. Die Gerechtigkeit aber erfordert, selbst dem gehaßtesten Feinde, gegen den man oft mit Schmähungen, Beschimpfungen und Verwünschungen freigebig genug gewesen war, das wenige Gute nachzusagen, was man von ihm in Erfahrung bringt.

Die Worte des Wanderers lauten:

„Ein deutscher Schweizer, der von Como hierher gekommen, berichtet über Garibaldi und seine Leute allerlei Merkwürdiges. Bewundernswürdig sei die Mannszucht des kühnen Guerillaführers. Der geringste Diebstahl wird von ihm mit sofortigem Erschießen bestraft. So unerbittlich diese Strenge sei, so sei der General nicht minder gerecht in seinem Urtheil. Seine Leute, so verschiedenartig sie sonst sind, zeigen eine fast fabelhafte Anhänglichkeit an ihren Führer. Der Schweizer hatte das Spital in Como und die dortigen verwundeten Garibaldianer besucht. Er war von ihrer Begeisterung für die italienische Freiheit überrascht. Er hatte sich überzeugt, daß, wenn Garibaldi's Trompete zum Kampfe rufen würde, die Verwundeten und Kranken, welche nicht gehen könnten, ihrem Führer nachkriechen würden. Das Corps machte nichts weniger als den Eindruck einer Räuberbande auf unsern Landsmann. Er sah eine Menge junger, schöner, gebildeter Männer aus den besten italienischen Familien unter ihm, eben so einen buntcostümirten Griechen mit langem schwarzem Haar. Die schmucken Guiden haben sich selbst ausgerüstet und prächtige Pferde angeschafft. Viel Lärm liebt dieser Garibaldi nicht. Jede Compagnie hat nur einen Trompeter, der nur die Signale zu blasen hat. Flink und rasch werden alle Commando's vollzogen, die Bewegungen sind sehr schnell. Nichts von Paradeziererei und Gamaschendienst. Alle wissen, was zu thun ist, und folgen mit exemplarischer Ruhe und Pünctlichkeit. Als unser Freund in Como war, sollten eben einige gefallene Soldaten beerdigt werden.

Eine Masse gaffendes Volk hatte sich vor dem Thore aufgestellt, der erwarteten großartigen Feierlichkeit zuzusehen. Garibaldi und einige wenige Soldaten begleiteten die verblichenen Waffengefährten zum stillen Friedhofe, erwiesen ihnen mit rührender Einfachheit die letzte Ehre. Der General sprach zu seinen Soldaten mit würdevoller Weihe: „„Beweinet in euren Herzen die Braven, und folgt ihrem Beispiele nach.““ Das war die kurze Todtenpredigt Garibaldi's am Grabe seiner Getreuen."

Diese Mittheilung möge hier ihre Ergänzung durch den folgenden Artikel der Kölner Zeitung finden. Derselbe enthält zwar zum Theil einige kleine Wiederholungen des bisher Gesagten, wir glauben ihn aber dennoch vollständig mittheilen zu müssen, da er außerdem lückenhaft erscheinen würde.

Es heißt dort:

„In Nalo befindet sich das Depot des Corps der Alpenjäger, aus etwa 100 Mann bestehend. Die Uebrigen, in drei Regimenter Infanterie getheilt*), 250 Guiden und etwa 20 Artilleristen zur Bedienung einiger Berggeschütze, befinden sich in Como und Lucco**). Anfangs bestand das Corps aus 10,000 Mann Bewaffneter und 5000 Mann Nicht-Bewaffneter, oder blos Eingeschriebe-

*) Siehe weiter oben die genauere Uebersicht von der Organisation des Corps der Alpenjäger.

**) Dieser Angabe nach rührt die Mittheilung, obgleich von jüngerem Datum, aus früherer Zeit her, denn bekanntlich war Garibaldi bis gegen Brescia vorgedrungen, und nach einer directen Mittheilung, welche wir selbst erhielten, stand er am Tage des Friedensabschlusses 2 Stunden von Chiusa Veneta entfernt, am Gardasee.

ner*), jetzt ist es aber auf 4000 Mann zusammengeschmolzen, und es wäre nicht zu verwundern, wenn sich die Alpenjäger ganz auflösten, denn ein Corps wie dieses ist nicht täglich zu rekrutiren.

„Die Verluste, welche Garibaldi erlitten, haben verschiedene Gründe. Theils rühren sie von den Kämpfen her, die das Corps zu bestehen hatte (und Garibaldi ist nicht der Mann dazu, sein eigenes Leben oder das seiner Leute zu schonen, wenn es die Erreichung eines wichtigen Zweckes gilt), theils haben die übermäßigen Anstrengungen Krankheiten zur Folge gehabt und dadurch die Reihen gelichtet; theils und hauptsächlich aber sind viele der Freiwilligen ihrer Fahne abtrünnig geworden. Eine Menge derselben glaubte nämlich — so wenig sich dieß auch bei dem bekannten Character Garibaldi's annehmen ließ — sie könnten den Krieg en amateur mitmachen, ohne gezwungen zu sein, sich durch forcirte Märsche anzustrengen, — mit aller Gemächlichkeit ihr Mittagsessen an der table d'hôte verzehren, — und brauchten sich nur zu schlagen, wenn es ihnen gefiele. Da sie die Sache aber ganz anders fanden, verabschiedeten sie sich unter allerhand Vorwänden. Wurde Einer verwundet, so waren gleich sechs Andere bereit, ihn fortzuschaffen. Der Eine trug sein Gewehr, der Zweite sein Käppi, und so wußten sich Alle irgend etwas zu schaffen zu machen, um nur fortzukommen.

*) Dieses „anfangs" kann sich bei der ursprünglichen Stärke des Corps nur auf dessen Zuwachs nach dem Festsetzen in der Lombardei beziehen, denn vorher hatte es, allen Nachrichten zu Folge, diese Stärke niemals erreicht, und wenn hier von 5000 Nicht-Bewaffneten die Rede ist, so ist die Ursache unbezweifelt nur in dem Mangel an Waffen zu suchen.

„Es sind indeß viele junge Leute aus den ersten Familien des Landes ihrem Entschlusse treu geblieben, ertragen alle Strapazen eines Soldaten Garibaldi's und sind daher bei ihren Kameraden der Gegenstand der Achtung. Sie sind stets die Ersten im Feuer, wollen nicht avanciren, bleiben gemeine Soldaten und begnügen sich mit der Soldatenkost, wie gespickt auch ihre Börsen sein mögen*).

„Die Guiden, welche den drei Regimentern die Märsche und Stellungen der Feinde auskundschaften und überhaupt wichtige Dienste leisten, tragen rothe, auf der Brust gestickte Jacken, und sind mit Säbel und zwei Pistolen bewaffnet. Bis jetzt sind sie noch nicht im Feuer gewesen, scheuen aber auf ihren Streifzügen keine Gefahr. In diesem Corps befinden sich auch mehre Frauen, Schwestern und Töchter von Soldaten, aus den ersten Ständen. Sie tragen dieselbe Uniform, die sie reizend kleidet; man kann sich keine niedlicheren Amazonen vorstellen.

„Das freundliche Städtchen Nalo lieferte aus 5000 Einwohnern 150 Freiwillige zu den Alpenjägern, so daß kein einziger waffenfähiger junger Mann mehr dort zu finden ist. Auch Brescia steuerte ein bedeutendes Con-

*) Wir erinnern uns, gelesen zu haben, daß in der Tasche eines jungen Mannes, welcher als Alpenjäger gefallen war, ein Testament gefunden wurde, welches über 800,000 Lire jährlicher Einkünfte (4½ Lire sind ein Thaler) zu patriotischen Zwecken bestimmte. Der Gebliebene war einer der reichsten Edelleute der Lombardei, und einer der ersten gewesen, welche unter Garibaldi sich anwerben ließen, wie denn überhaupt die Alpenjäger zum großen Theile aus den jungen Leuten der gebildeteren und reicheren Familien der Lombardei rekrutirt worden sind.

tingent zu dem Freicorps. Diese Contingente schmelzen aber — wie bereits erwähnt — immer mehr und mehr zusammen. Leicht könnte man dieselben aber verdoppeln, bildete man, wie im Jahre 1849, wieder Compagnien und Legionen von Frauen. Brescia ist zu jeglichem Opfer bereit, um seiner Rache gegen Oesterreich zu genügen*). Mit dem freudigsten Enthusiasmus würden die Brescianerinnen in den Kampf ziehen. Im Jahre 1849 vertheidigten Frauen eines der Thore der Stadt, und das von ihnen vertheidigte bewältigte der Feind nicht. Damals hieß es für die Freiheit des Vaterlandes sterben, wollte man geliebt sein. Die hübschen Brescianerinnen sagten denen, welche ihnen den Hof machen wollten: „Kein Wort von Liebe, so lange die Oesterreicher in der Stadt sind!“ Mütter zwangen damals ihre Söhne, Kriegsdienste zu nehmen; die Dienstunfähigen schafften Waffen und Munition herbei.

„Die Alpenjäger haben fast gar keine militärische Ausbildung. Man lehrt sie ein Gewehr laden und abfeuern und führt sie dann gegen den Feind**). Bei den Gefechten an den drei Brücken von Brescia, wo sie 200 Mann verloren, wären sie Alle von der österreichischen Kavallerie niedergesäbelt worden, weil sie keine Quarré's bilden konnten, wäre nicht die erste Division

---

*) Es werden wahrscheinlich viele Menschenalter vergehen, bevor die Einwohner Brescia's die beispiellose Züchtigung vergessen, welche Hainau im Jahre 1849 über die unglückliche Stadt verhängte.

**) Diese Angabe scheint uns der Begründung zu entbehren, denn offenbar ist Garibaldi ein zu erfahrener Soldat, um nicht zu wissen, von welcher ungeheuren Wichtigkeit, selbst für einen Parteigänger, die disciplinarische Ausbildung der Soldaten ist.

der Zuaven, durch das Gewehrfeuer angelockt, zur Zeit gekommen, um sie aus ihrer mehr als verzweifelten Lage zu retten."

„Das Avancement in dem Corps Garibaldi's hängt allein von ihm ab. Die Alpenjäger beziehen denselben Sold, wie die piemontesische Armee, 20 Centimes mit Feldverpflegung. Die Ration besteht aus 200 Grammen frischen Fleisches, 50 Gr. Speck, Reis, Wein und 750 Gr. Brod. Die Uniform der wirklich uniformirten Alpenjäger ist möglichst einfach: Eine leinene Hose mit Vorstoß, eine Jacke, ein Militärmantel, der auf dem Marsche als Bandelier getragen wird, und ein kleines Käppi mit Wachstuch-Ueberzug. Kleidungsstücke zum Wechseln haben sie nicht. Ein kleiner leinener Beutel für die Lebensmittel und eine Fettbürste für's Gewehr, das ist Alles, was die Alpenjäger bei sich führen. Ziehen sie durch eine Stadt, so geben sie Bons für frische Leinwand und lassen ihre schmutzigen Hemden zurück. Das einem auf dem Marsche begriffenen Heerhaufen Nothwendigste wird auf Karren nachgeführt. Die Officiere haben alle ein faustgroßes (?) Felleisen, und Garibaldi selbst hat kein größeres. Alles, was er im Felde gebraucht, enthält sein Mantelsack."

„Seitdem er den Rang eines Generals der regulären Armee bekleidet, trägt er gewöhnlich die Uniform dieses Ranges. — Er ist untersetzt, gut gebaut, hat ein freundliches Gesicht und heitere, graublaue Augen, einen braunen, schon grau werdenden langen Bart, der aber rund geschnitten und besonders von ihm gepflegt wird. Auf dem Marsche lebt er wie der gemeine Soldat, schläft wie er auf der Erde und hat eben so wenig, wie seine Jäger, ein Zelt, um sich zu schützen. Den Ruf seiner Tollkühn-

[illegible] er in jeder Beziehung mehr denn einmal gerechtfertigt, doch ist sein Glück eben so groß, wie seine Kühnheit; bis jetzt entging er noch stets mit heiler Haut den waghalsigsten Abenteuern."

So weit die Kölner Zeitung; soll übrigens mit den letzten Worten gesagt werden, daß Garibaldi bisher überhaupt nicht verwundet worden sei, so haben wir dieß oben hinlänglich widerlegt. Wahrscheinlich aber will der Verfasser des Artikels damit nur sagen, daß Garibaldi eben bei den wagehalsigen Abenteuern unverletzt geblieben sei, während er dagegen bekanntlich im regelmäßigen Gefechte mehrmals verwundet wurde.

Wenn wir übrigens weiter oben in einer Anmerkung sagten, es sei nicht unmöglich, daß durch Garibaldi zu dem soeben beendigten Kriege noch ein republikanisches Nachspiel geliefert werde, so hatten wir dazu hinreichenden Grund, denn schon vor mehreren Wochen wurde geschrieben:

„Die republikanische Partei in Paris macht wirksame Propaganda für die Popularität Garibaldi's, dem sie die Absicht zumuthet, in einem günstigen Augenblick die Fahne der italienischen Republik zu entfalten. — Die strengen Polizeimaßregeln in Turin und Genua und die Absendung französicher Polizeiagenten nach Italien ließen schon vermuthen, es sei dort etwas vorgefallen. In der That erfährt man jetzt aus einer sehr guten Turiner Quelle die Entdeckung eines republikanischen Complotts. Alle von dort kommenden Privatbriefe sprechen von dem Prinzen Napoleon als künftigem König von Etrurien.*)

*) Danach wäre es also die Absicht der Republikaner, die bereits vorhandene Zahl der Könige noch um einen neuen zu ver-

Auch erwähnen sie einer geheimen Deputat[illegible] Verschwörer, welche mit Cavour verkehren."

Dieser pariser republikanischen Partei wird auch die Ueberreichung eines Ehrengeschenkes an Garibaldi zugeschrieben.

Es ist dieß ein prachtvoll damascirtes und reichgeschäfteles Doppelgewehr, zu welchem die Kosten durch Subscription aufgebracht wurden. Es ist in den Ateliers von Ferdinand Claudie in Paris angefertigt und hat unten auf dem Kolben eine silberne Platte mit der Inschrift: An Géuéral Garibaldi. Les amis de l'indépendance italienne. Souscription pour les Volontaires.**)

Dieser Schilderung von den früheren Lebensereignissen und dem Character Garibaldi's wollen wir nun zum Schlusse eine ganz gedrängte Uebersicht seiner Unternehmungen in dem soeben beendigten Kriege folgen lassen.

Die Aufgabe ist keine leichte, denn eine gesichtete Zusammenstellung ist bis jetzt noch nicht erfolgt, und die Zeitungsnachrichten, die aus den verschiedenen Lagern über ihn mitgetheilt wurden, sind theils so flüchtig und verworren, theils einander so widersprechend, daß es außerordentlch schwer ist, sich daraus vollständig zu orientiren. Indeß ist dieß auch nicht von besonderer Wichtigkeit, denn obgleich die Erfolge seiner Unternehmungen keine unbedeutende Tragweite durch die in zweiter Linie erzielten Resultate hatten, so mangelte ihm doch die Ge-

---

mehren? Dazu gehört denn doch ein stärkerer Glaube, als wir zu besitzen uns rühmen dürfen.

**) Dem General Garibaldi. Die Freunde der Unabhängigkeit Italiens. Sammlung für die Freiwilligen.

legenheit zu den außerordentlichen Thaten, die man von ihm erwartete.

Wir gehen bei dieser Zusammenstellung von der Ansicht aus, daß die Ereignisse noch frisch in der Erinnerung der Leser stehen, und daß es daher nur der Erinnerung daran bedarf, um Alles zu vergegenwärtigen.

Nachdem die Oesterreicher, wie bekannt, den Krieg dadurch eröffnet hatten, daß sie am Nachmittage des 29. April die Grenze Piemonts auf mehren Punkten überschritten, war man gespannt auf die Unternehmungen Garibaldi's, indeß verging noch einige Zeit, bevor man etwas von ihm hörte, wie dieß dadurch erklärlich ist, daß er noch mit der Organisirung seines Corps beschäftigt war, dessen Bestandtheile wir weiter oben angegeben haben.

Indeß vernahm man schon am 4. Mai, daß in Domo d'Ossola sardinische Truppen angekommen seien, um sich mit dem Garibaldischen Corps zu vereinigen*) und in dieser Gegend dem Feinde die Spitze zu bieten, und in der That hörte man auch unmittelbar darauf von einem Zusammenstoß, bei dem die Oesterreicher nach einem Verlust von 8 Todten zurückgingen, dann aber verstärkt wieder vordrangen, worauf das Freicorps sich retirirte.

Um das Vordringen der Oesterreicher von dieser Seite zu verhindern, was bei den Terrainverhältnissen selbst geringeren Streitkräften nicht allzuschwer werden konnte, besetzte darauf Garibaldi mit einigen Bataillonen seiner Truppen Biella, Bannio und einige andere Orte dieser Gegend.

---

*) In der Nähe des Lago maggiore, an der Grenze Sardiniens, der Schweiz und Piemonts, dem von früher her Garibaldi vollkommen vertrauten Terrain.

Auch die Oesterreicher richteten übrigens eine größere Aufmerksamkeit auf diesen Punkt, wenigstens geht dieß daraus hervor, daß bereits am 3. Mai 5000 Mann, meistens Kroaten, in Como einrückten. Sie gingen indeß nicht weiter offensiv vor, sondern begnügten sich, der Stadt, deren anti-österreichische Gesinnung sich durch das Aushängen dreifarbiger Fahnen verrathen hatte, eine Contribution an Geld und Lebensmitteln aufzuerlegen.

Es blieb aber längere Zeit hier Alles ruhig, und nur gegen Mitte Mai erfuhr man, daß Streifcorps dazu bestimmt seien, den Einfall revolutionärer Schaaren in die Lombardei zu sichern.

Am 15. Mai bildete dann das Corps Garibaldi's einen Theil der 10,000 Mann starken piemontesischen Vorhut bei San-Germano, welchem die Oesterreicher unter General Zobel gegenüberstanden.

Am 20. Mai rückte Garibaldi, der jetzt selbstständige Operationen beginnen zu wollen schien, mit 4000 Mann in dem an der Sesia gelegenen Romagnano und am Abend des 22. in Arona am Lago maggiore ein. Von hier aus richtete er dann seine Operationen gegen die kleine, gleichfalls am Lago maggiore gelegene Festung Laveno, welche eine österreichische Besatzung von etwa 5—600 Mann hatte. Die Oesterreicher ließen ihm freie Hand, indem sie ihre sämmtlichen Truppen, welche am Lago maggiore operirt hatten, zurückzogen, nachdem Garibaldi Sesto-Calende besetzt hatte.

Sein Einrücken auf das Gebiet der Lombardei brachte hier sofort eine lebhafte Bewegung hervor. Es wurde bei dieser Gelegenheit nicht ohne etwas bombastische Uebertreibung über ihn gesagt:

„Das große Werk der Befreiung Italiens hat keinen energischeren Heerführer, keinen ergebeneren Apostel, keinen tapfereren Streiter, als Joseph Garibaldi."

„Sein Name allein ist eine Fahne. Sobald er seinen Fuß auf einen Theil des italienischen Bodens setzt, der unter österreichischer Herrschaft stand, steht die Bevölkerung in Masse auf, begrüßt ihn mit Beifall, folgt ihm und bewaffnet sich mit Sensen, Heugabeln, Pflugscharen, Stöcken, um die Bedrücker unter dem Geschrei zu verfolgen: „Es lebe Italien! Es lebe die Freiheit! Es lebe Frankreich!"

„Ueberall wo er in der Lombardei unerwartet erscheint, zeigt sich ein wahres Fieber des Enthusiasmus. Außer sich vor Freude wischen die Bauern den Schweiß von ihrer Stirn, die sie dann zum Himmel erheben, indem sie ihm danken, daß er ihnen einen Befreier sendete. Die Weiber stürzen sich mit aufgelöstem Haar ihm nach, indem sie schreien: Guerra! Guerra! Viva la liberta!*)"

„Man eilt, aus den Verstecken die Lebensmittel und Kostbarkeiten auszugraben, die man der Habsucht der Bedrücker entzogen hatte, und bietet sie aus vollem Herzen und mit geöffneten Armen dem Vorläufer der Freiheit an."

„Er wählt dann aus der kräftigsten Jugend seine Leute aus, und sie folgen ihm freudig, seine Reihen vergrößernd."

Lassen wir indeß diese enthusiastische Uebertreibung dahingestellt sein, so läßt sich doch die Popularität Garibaldi's eben so wenig bestreiten, wie seine hinlänglich bewiesene persönliche Tapferkeit. Dabei versteht er es auch, seine Leute durch wenige kräftige Worte zu begeistern.

---

*) „Krieg! Krieg! Es lebe die Freiheit!"

„Die Stunde zur Erfüllung der Pflicht ist gekommen,“ sagte er zu seiner Legion am 27. Mai, als er im Begriffe stand, Como anzugreifen, nachdem er bereits am 23. Mai in Varese eingezogen war, von wo die Oesterreicher ihn zu vertreiben vergebens versucht hatten. „Jeder von Euch kämpfe so, als ob er unter den Augen seines Vaters stände. Machet es wie ich, meine Freunde; ruhet zwei Stunden und dann fechtet. Unsere Sache ist die Sache Gottes!“

Auf den Höhen vor der Stadt traf er dann auf die Oesterreicher. Er griff sie, trotz dreifacher Ueberzahl, tapfer an, und der Kampf währte von 5 Uhr Morgens bis zum Abend mit der ungeheuren Erbitterung von beiden Seiten fort, welche überhaupt ein characteristisches Kennzeichen dieses ganzen Krieges gewesen ist.

Nachdem Garibaldi, selbst mit dem Säbel in der Faust an der Spitze der Seinigen angreifend, Fuß bei Fuß vorgedrungen war, machte er sich endlich nach namhaften Verlusten auf seiner Seite zum Herrn der Stadt, und die Oesterreicher zogen sich gegen Mailand zurück, die Stadt Como aber wurde zu Ehren der Sieger illuminirt.

Feldmarschallieutenant Urban, aus dem ungarischen Kriege als Parteigänger rühmlichst bekannt, wurde nun gegen Garibaldi geschickt, allein dieser wußte jedem ernsten Zusammenstoße, der ihn in zu große Gefahr hätte bringen können, auszuweichen, und er verfolgte dabei rastlos seinen Zweck, die Lombardei zu insurgiren, und das wiederholt mitgetheilte Gerücht, sein Corps sei gänzlich zersprengt, er selbst gefangen, oder nach der Schweiz geflüchtet, zeigte sich nicht nur als unwahr, sondern statt selbst gefangen zu sein, hatte er sogar Gefangene gemacht und kleine Abtheilungen der Oesterreicher auf das neutrale schweizer Gebiet versprengt.

Bei Sesto-Calende drängte darauf der Capitän de Christoforus von den Alpenjägern die Oesterreicher (am 24. Mai) zurück und nahm ihnen eine Kanone ab, worauf sie nach Somma zurückgingen.

Garibaldi, der sich bisher noch immer mehr in der Defensive gehalten hatte, ging nach den bei Varese errungenen Vortheilen zur Offensive über, vertrieb die Oesterreicher aus Malnate, und nahm am 27., wie wir oben bereits erwähnten, nach einem heftigen Kampfe Borgo-Vico, die Vorstadt von Como, und dann dieses selbst. Darauf vertrieb er sie auch aus dem unterhalb Como gelegenen Camerlata. Das Veltlin und der lombardische Bezirk Lucco waren jetzt im vollen Aufstande, alle Dampfer auf dem Comersee in den Händen Garibaldi's, und dieser verfolgte die Oesterreicher von Camerlata (am 28.) gegen Mariano auf der Straße nach Mailand.

Aus Como telegraphirte er die errungenen Vortheile am 28. Morgens 10 Uhr nach Turin mit folgenden Worten: „Die Feinde sind gestern angegriffen und geschlagen worden. Wir sind Abends 10 Uhr in Como eingezogen. Die Oesterreicher haben sich in vollständiger Auflösung nach Monza zurückgezogen.“

Alle diese Vorgänge lenkten die Aufmerksamkeit mehr und mehr auf Garibaldi, und die neue Münchener Zeitung sagte mit Beziehung auf ihn: „Die Schaar Garibaldi's ist eine bewaffnete Revolutionspropaganda, an deren Spitze sich die Absender Garibaldi's gestellt haben, und dieses giebt dem Kriege, den sie gegen Oesterreich führen, das Gepräge eines feindseligen Unternehmens gegen die bestehende Ordnung in Europa. Ihre Wächter können und dürfen dem nicht länger kaltblütig zusehen, und wer es dennoch thäte, würde dem Argwohn Raum geben, daß er selbst durch den Bruch dieser Ordnung zu gewinnen hoffe.

Ueber den Kampf bei Varese berichten wir nach einer „unverbürgten Nachricht“ des schweizerischen „Bund“ die folgende Version, welche wenigstens dem Character Garibaldi's sehr ähnlich sieht. „Der General (Garibaldi) hatte schon am 25. Mai erfahren, daß eine österreichische Colonne im Anmarsche begriffen sei. Er ließ nun Varese verbarrikadiren und von 1000 Mann seiner Leute besetzen. Mit dem Rest seiner Truppen marschirte er während der Nacht nach Monforte, ungefähr eine Meile von Varese, und legte sich dort längs der Straße in Hinterhalt. Als dann am Morgen die Oesterreicher anrückten, warf er sich nach zwei tüchtigen Salven mit dem Bajonnet auf den überraschten Feind, schlug ihn nach einstündigem Kampfe in die Flucht und verfolgte ihn bis nach Malnate. — An Garibaldi's Seite fiel bei diesem Treffen ein junger Belgiojoso, 22 Jahr alt, aus einer der ersten fürstlichen Familien von Mailand.“

Von Como wendete Garibaldi sich dann am 30. Mai gegen Laveno, das er heftig angriff. Er zog sich nach empfindlichen Verlusten zwar zurück, aber nur, um am Abend den Angriff zu erneuern; doch erst am 2. Juni gelang es ihm, sich Laveno's zu bemächtigen, von dessen österreichischer Garnison man später erfuhr, daß sie nach der Schweiz übergetreten sei.

Die Schlacht bei Magenta verschaffte durch ihre Folgen auch Garibaldi freiere Hand, und nachdem

General Urban, ohne, wie dieß von österreichischer Seite ganz bestimmt erwartet worden war, gegen ihn etwas ausgerichtet zu haben, sich nach Monza zurückgezogen hatte und Mailand geräumt worden war, ging er nach Lecco.

Nach der Schlacht von Magenta äußerte ein Wiener Blatt, Garibaldi sei stets von allen Bewegungen der Oesterreicher genau unterrichtet gewesen, was ihm natürlich seine Operationen, besonders in einem Gebirgslande, ungemein erleichtert habe. Lassen wir dieß indeß dahingestellt sein, so ist es doch erwiesen, daß ihm bei seinem weitern Vorrücken das Volk von allen Seiten zuströmte, so daß unmittelbar gleich nach der Schlacht von Magenta sein Corps bereits 12,000 Mann zählte.

Am 10. Juni rückte er darauf in Bergamo ein und ging von dort gegen Brescia vor, und man legte dieser Bewegung die Absicht unter, über Rocco d'Anfo in das südliche Tyrol einzudringen, indeß dürfte dieß aus dem Grunde nicht anzunehmen sein, weil der Kaiser Napoleon damals noch jeden Angriff auf deutsches Bundesgebiet vermieden wissen wollte.

Aus Mailand erließ inzwischen der König Victor Emanuel einen Tagesbefehl, durch welchen er dem General Garibaldi und mehren Officieren seines Corps die goldene Denkmünze für militärischen Muth verlieh: „Weil sie sich um das Vaterland verdient gemacht."

Während Garibaldi unter beständigem Vorrücken damit beschäftigt war, den fortdauernden Zulauf von Freiwilligen, der besonders aus Mailand sehr stark war, zu organisiren hatte er am 15. Juni bei Castenedolo ein Gefecht mit den Truppen des General Urban zu bestehen. Die mit ihm vereinigten toskanischen Apenninenjäger halten die Oesterreicher bereits umgangen, um ihnen den Rückzug abzuschneiden, sie wurden aber nach einem mehrstündigen Gefecht in die Flucht geschlagen. Garibaldi's Verlust betrug bei dieser Gelegenheit 300 Todte und Verwundete und 60 Gefangene.

Unter zahlreichen Gefechten, durch die er den sardinischen Truppen den Weg bahnen zu sollen schien, drang Garibaldi weiter und weiter vor. Am 18. Juni ging er von Salo nach Desenzano (an der Bahn nach Peschiera), wo er auf ein überlegenes Corps Oesterreicher traf, vor denen er sich zurückziehen mußte.

Am 21ten wurde er darauf von seinem Gegner, dem General Urban befreit, der zum Gouverneur von Verona ernannt wurde, und gleich darauf machte die Schlacht am Mincio der Thätigkeit Garibaldi's ein Ende, da bei der nun folgenden Waffenruhe, die bald zum wirklichen Waffenstillstande, und mit überraschender Schnelligkeit sogar zum Frieden führte, außer widerstandslosem Vorrücken bis in die Gegend von Peschiera für ihn nichts mehr zu thun blieb.

Hier überraschte ihn — seinen Gefühlen nach gewiß auf die schmerzlichste Weise — die Nachricht des Friedens, als er vor der kleinen Thalfeste Chiuja Venete, zwei Stunden von Peschiera entfernt stand, und damit ist also für jetzt die Beschreibung seines Lebens geschlossen.

Ob vielleicht schon bald der Stoff zu einem interessanten Nachtrage dazu sich bieten wird?

Die in Italien überall sich zeigende Aufregung und Unzufriedenheit, namentlich die neuesten Vorgänge in Toskana lassen dieß mit ziemlicher Gewißheit vermuthen.

Garibaldi's Wirken seit dem Frieden von Villafranca.

Wir sagten zum Schlusse der ersten Auflage dieser kleinen Schrift, daß mit dem Friedensschlusse die Lebensbeschreibung Garibaldi's für jetzt geschlossen sei, und die Frage, die wir daran anschlossen, ob sich bald der Stoff zu einem interessanten Nachtrage bieten würde, können wir bereits nach wenigen Wochen bejahend beantworten, denn neuerdings, und beinahe mehr als je, sind die Augen auf diesen Mann gerichtet, der jedenfalls berufen zu sein scheint, in dem Drama der italienischen Wirren bis zum letzten Acte eine hervorspringende, wenn auch nicht gerade entscheidende Rolle zu spielen.

Bei dem bekannten Character Garibaldi's, dem man, was man ihm auch zur Last legen mag, wenigstens die Gerechtigkeit widerfahren lassen muß, daß er mit eiserner Consequenz das Ziel verfolgt, dessen Erreichung er zur Aufgabe seines ganzen Lebens gemacht hat, ließ es sich nicht annehmen, daß er nach einem Frieden, der gleich von allem Anfange so wenig Aussicht auf Dauer bot, wie der sogenannte von Villafranca, sofort in die Ruhe des Privatlebens zurücktreten würde.

Für ihn war das blutige Freiheitsspiel noch nicht zu Ende, und hoffend blickte er in die Zukunft.

Wohl hatte die, ihm wie der ganzen Welt so überraschende Nachricht von dem Friedensschlusse ihn auf das Unangenehmste berührt, um so schmerzlicher vielleicht, weil er, troß der zuletzt errungenen Vortheile und seines weiten Vordringens auf dem Gebiete der befreiten österreichischen Provinz, die Scharte noch nicht ganz wieder ausgewetzt zu haben glauben mußte, die er durch das, am 15. Juni bei Castenedolo bestandene Gefecht erlitten hatte, welches wir auf der letzten Seite der ersten Auflage erwähnten, von dem wir indeß hier nach dem Berichte eines Augenzeugen eine ausführliche Beschreibung folgen lassen, da wir das Ereigniß dazu für wichtig genug halten.

„Garibaldi," heißt es dort, „befand sich mit seinen Truppen auf den Anhöhen nordwestlich von Brescia und machte Anstalt, die Chiese zu überschreiten, um den Rückzug der österreichischen Truppen über Montechiari von der Flanke zu beunruhigen und ihre Bewegungen und Aufstellungen im Auge zu behalten. Zu diesem Zwecke hatte er beschlossen, bei Bettoletto, gegenüber von Bedizzole, eine Brücke zu schlagen. Da aber eine Division österreichischer Truppen bei Castenedolo stand und ihre Vorposten bis Pezzatto und Treponti vorgeschoben hatte, befahl Garibaldi dem ersten Regiment unter der Führung des Oberst Cosenz, aus ungefähr 1000 Mann bestehend, die Oesterreicher zurückzuwerfen und so lange zu beschäftigen, bis seine Brücke vollendet wäre, und diese dann zu decken. Oberst Cosenz vollführte den Befehl, als aber die Oesterreicher sich auf ihr Hauptcorps bei Castenedolo zurückzogen, setzte ihnen ein Trupp nach und konnte nicht zurückgehalten werden. So gerieth das Regiment zwischen zwei österreichische Brigaden und in große Gefahr. Garibaldi eilte daher mit seinem ganzen Corps herbei, um das Regiment zu degagiren, befand sich dabei aber einer bedeutenden

Uebermacht gegenüber. Nach hartem Kampfe, wobei er von der Division Cialdini, die benachrichtigt worden war und über S. Eufemia aus Brescia heraneilte, unterstützt wurde, gelang es ihm, jedoch nicht ohne empfindliche Verluste sich aus der Klemme zu ziehen. Inzwischen war die Brücke doch geschlagen worden. Zwar wurde sie während der Nacht durch die Oesterreicher beschädigt, am Tage darauf aber von Garibaldi wieder hergestellt. —

„Das Regiment Cosenz verlor bei diesem Gefecht 85 Mann an Todten und Verwundeten und die übrigen Abtheilungen des Corps ungefähr eben so viel. Unter den Verwundeten befand sich der bekannte ungarische Oberst Türr, der sehr tapfer kämpfte. Ein empfindlicher Verlust war der des Major Bronzetti aus Mailand, eines der erfahrensten und tapfersten Officiere Garibaldi's. Am rechten Arm verwundet, nahm er den Degen in die linke Hand und blieb an der Spitze seiner Truppe. Als er darauf auch in den linken Arm eine Kugel bekam, nahm er den Degen wieder in die rechte Hand, weil auf dieser Seite die Wunde geringer war. So kämpfte er fort, bis eine dritte Kugel ihn tödtlich in die Brust traf. Nach Brescia gebracht, starb er den Tag darauf.“

Man hat behaupten wollen, Garibaldi habe, gleich nachdem er die Nachricht des Friedensschlusses empfangen, in seinem Unmuthe darüber seine Entlassung in die Hände des Königs niedergelegt, dieser ihn aber durch seine Vorstellungen zur Rücknahme bewogen. Dieß ist indeß falsch, denn Garibaldi hatte den König zum letzten Male einige Tage vor der Schlacht von Solferino gesehen, und als er dann das Gerücht von dem Abschlusse des

Friedens vernahm, ging er von Lovere, wo ihn dasselbe erreichte, in Begleitung eines Officiers nach Brescia, um sich von der Wahrheit zu überzeugen. Hier hatte er mit dem General della Marmora eine lange Unterredung, in deren Folge er nach Lovere zurückkehrte und an der Spitze seines Corps blieb, bis die spätern Ereignisse ihn in einen andern Wirkungskreis riefen.

Schon bald nach dem Frieden, — wenn man den immer noch nicht wirklich abgeschlossenen Vertrag von Villafranca so nennen darf — zeigte sich in der Bevölkerung Italiens die Unzufriedenheit mit dem Abkommen, welches die beiden Kaiser mit einander getroffen hatten. Namentlich in Rom war eine große Aufregung bemerkbar, und die Mauern des Vatikans wurden mit revolutionären Inschriften, Invectiven gegen den Papst und Bildern Garibaldi's bedeckt, als wollte das Volk gleich jetzt den Mann andeuten, von dem es für die Zukunft hoffte.

Eine ähnliche Manifestation zeigte sich in den kleinen Theatern Mailands, welche eine Menge Schlachtstücke darstellten, in denen Napoleon III., Victor Emanuel, und namentlich auch Garibaldi Rollen spielten, denn der verwegene Parteigänger ist unbedingt der größte Rival des Königs von Sardinien, so weit es die Popularität Beider betrifft.

Kaum war nun also der Friede, an dessen Dauer, wie gesagt, kein Mensch glaubte, bekannt geworden, so entstanden auch vielfache Gerüchte der verschiedensten Art, welche an die Fortdauer des Kampfes, oder vielmehr an eine baldige Erneuerung desselben glauben ließen, und in der Regel wurde Garibaldi's Name mit diesen Gerüchten in irgend eine Verbindung gebracht. Denn bei der gesammten Bevölkerung Italiens lebte die innige Ueberzeugung, Er sei vorzugsweise berufen, neben und mit dem König Victor Emanuel die Befreiung von der Herrschaft fremder Fürstengeschlechter herbeizuführen, die es, besonders in ihren gegenwärtigen Trägern, nicht verstanden hatten, die Liebe ihrer Unterthanen zu gewinnen.

Zu diesen Gerüchten gehörte auch das, der General Ulloa, welcher das Obercommando der Truppen führte, welche Toskana aufgebracht hatte und noch täglich zu vermehren bemüht war, um den vertriebenen Großherzog an der Rückkehr und der Wiedereinnahme seines Thrones zu verhindern, — General Ulloa, sagen wir, werde von diesem wichtigen Posten zurücktreten und Garibaldi an dessen Stelle den Oberbefehl übernehmen, und zwar nicht blos über die Truppen Toskanas, sondern über die Streitkräfte der mittel-italienischen Liga, als welche man nach und nach das Großherzogthum Toskana, die Herzogthümer Modena, Parma und Piacenza, sowie die römischen Legationen bezeichnete, die sich mehr und mehr zu einem gemeinsamen Bunde zu gestalten trachteten, um vereint die Rückkehr ihrer Fürsten zu verhindern und ihren Anschluß an Piemont zu bewirken, für welchen sich bei der vorgenommenen allgemeinen Abstimmung die ungeheure Mehrzahl aussprach.

Daß übrigens Garibaldi selbst an neue Kämpfe glaubte, die er wahrscheinlich von Grund des Herzens wünschte, da er sein erstrebtes Ziel noch nicht als erreicht betrachten konnte, so lange noch auch nur der allerkleinste Theil der italienischen Bevölkerung unter der Herrschaft Oesterreichs stand, dafür spricht der folgende Tagesbefehl, den er unter dem 19. Juli von Lovere aus erließ:

„Welches immer der Gang der politischen Ereignisse sein mag, unter den gegenwärtigen Umständen dürfen die Italiener weder die Waffen niederlegen, noch muthlos werden Sie müssen im Gegentheil ihre Reihen verstärken und Europa zeigen, daß sie, geführt von dem tapfern Victor Emanuel, bereit seien, von Neuem den Wechselfällen des Krieges entgegenzugehen, welcher Art sie auch sein mögen.

„Der General Garibaldi."

Diesem vielsagenden Actenstücke folgte ein Tagesbefehl, unterzeichnet unter demselben Datum, in Breno, von dem Obersten Ardoine. Der Oberst forderte darin die Freiwilligen auf, unter den Waffen zu bleiben, indem er sagte: „Der Friede ist noch nicht unterzeichnet, und wir müssen uns erinnern, daß wir versprochen haben, nach Beendigung des Krieges noch sechs Monate unter den Waffen zu bleiben. Vielleicht wird in eben dem Augenblicke, in welchem wir am wenigsten daran denken, das Allarmsignal von Neuem ertönen."

Wenn aber auch aus Allem hervorzugehen schien, daß neue Kämpfe unvermeidlich wären, weil die Bevölkerung von der Rückkehr ihrer vertriebenen Fürsten nichts wissen wollte und sich, unter lauter Kundgebung ihres Willens, zum energischen Widerstande rüstete, so gab es dennoch Stimmen, welche die Wiedereinsetzung der entflohenen

Herrscher als möglich und sogar als leicht darzustellen bemüht waren, wenn die Fürsten sich zu liberalen Reformen entschließen könnten.

Diese liberalen Zugeständnisse waren nach den Antecedentien freilich kaum zu erwarten; dennoch wollte man einen Beleg für die Möglichkeit der Restauration in der nachfolgenden Proclamation Garibaldi's erblicken:

„Lovere, den 23. Juli.

„Bewohner von Mittelitalien!

„Vor einigen Monaten sagten wir zu den Lombarden: Eure Brüder aus allen Provinzen haben geschworen, mit Euch zu sterben! — Wir haben Wort gehalten. Morgen werden wir zu Euch sagen, was wir damals zu den Lombarden sagten, und die edle Sache unseres Vaterlandes wird uns in gedrängter Schaar auf dem Schlachtfelde finden, in derselben Begeisterung wie damals und in der imponirenden Haltung von Menschen, die stets ihre Pflicht gethan haben und thun werden. Zurückgekehrt in Eure Heimath und umgeben von Euren Familien, vergesset die Dankbarkeit nicht, welche wir Napoleon III. und der französischen Armee schuldig sind, von deren heldenmüthigen Kindern so viele verwundet oder verstümmelt noch auf dem Schmerzenslager liegen. Vergesset vor Allem nicht, daß, was immer die Diplomatie mit uns beabsichtigen möge, unser Ruf immer sein muß:

„Italien und Victor Emanuel!

„Garibaldi."

Wie man aus dieser Proclamation, die nur vier Tage später, als der eben angeführte Tagesbefehl erlassen wurde, und die ganz den energischen und kriegerischen Ton derselben trägt, auf eine friedliche Restauration der vertriebenen Fürsten schließen konnte, begreifen wir freilich nicht; dennoch aber ist es erwiesen, daß das geschah, oder daß man sich wenigstens den Schein zu geben versuchte, als glaube man daran, so wenig sich auch annehmen ließ, daß eben Garibaldi die Hand dazu bieten würde, fremde Herrscher wieder auf die erledigten italienischen Throne zu setzen.

Inzwischen wurde das schon im Juli verbreitete Gerücht zu Anfang August lebhafter betont: Toskana, Parma, Modena und Bologna hätten durch ihre verschiedenen provisorischen Regierungen ein Trutzbündniß mit einander geschlossen und beabsichtigten zur Gewinnung größerer Kraft den militärischen Oberbefehl in eine Hand zu legen, und zwar in die Garibaldi's. Zugleich sagte man aber auch, es erscheine als zweifelhaft, daß dieser das Commando annehmen würde. Gleichwohl erfuhr man aber auch, er habe auf mehrere Wochen Urlaub genommen, um Mittelitalien zu bereisen, und man vermuthete wohl nicht mit Unrecht, er beabsichtige bei dieser Reise die Stimmung der Bevölkerung zu erforschen und Verbindungen zur Förderung seines Zweckes anzuknüpfen. Indeß konnte auch seine seit einiger Zeit leidende Gesundheit — er hatte heftige rheumatische Schmerzen, besonders in den Beinen — als hinreichender Grund betrachtet werden, durch den Urlaub Erholung und Kräftigung zu suchen.

Neben Garibaldi's Namen wurde auch der piemontesische General Cialdini als designirt zu dem erwähnten Obercommando genannt; ein Gerücht, das bekanntlich später keine Bestätigung fand.

Dagegen wurde das Gerücht von der Ernennung Garibaldi's während der ersten Tage des August mehrfach erneuert und zugleich die Andeutung gemacht, in mehreren Theilen Mittelitaliens würde lebhaft für eine Dictatur Garibaldi's agitirt, eine Behauptung, die gleich mancher andern von einer oder der andern Seite ausgegangenen keine Bestätigung gefunden hat.

Nachdem das Gerücht von dem Austritt Garibaldi's aus dem Dienste Piemonts und seiner Ernennung zum Obergeneral sämmtlicher Streitkräfte Mittelitaliens sich längere Zeit erhalten hatte, fand es endlich wenigstens eine theilweise Verwirklichung, indem Garibaldi an der Stelle des General Ulloa den Befehl der elften Division übernahm, während dagegen der General Fanti das Obercommando erhielt, ohne daß deßhalb zwischen ihm und Garibaldi Eifersüchtelei oder Feindschaft entstanden wäre. Vielmehr wirkte Garibaldi nach besten Kräften mit allem Eifer auch in der untergeordneten Stellung fort, die ihm noch immer einen umfassenden Wirkungskreis gewährte, umfassender sogar außerhalb seines militärischen Commandos, als innerhalb desselben.

Uebrigens trat Garibaldi das ihm angetragene Commando nur unter der Bedingung an: Vorbehaltlich der Treue, die er dem König Victor Emanuel geschworen.

Dieser Vorbehalt erregte natürlich Staunen, da es bekannt war, daß Garibaldi die Entlassung aus dem Dienste Piemonts nachgesucht hatte, und zwar unter Gründen, welche als der Regierung Sardiniens fremd bezeichnet wurden, und daß ihm diese Entlassung — wenn auch unter den Ausdrücken aufrichtigen Bedauerns — ertheilt worden war. Man wußte daher nicht zu deuten, welche geschworene Treue Garibaldi dem König Victor Emanuel noch nach der Ausscheidung aus dessen Dienst zu bewahren haben könnte, und kam dadurch folgerichtig zu dem Schlusse, der Abschied sei dem General nur zum Schein ertheilt worden, und Garibaldi stehe auch als General des mittelitalienischen Bundes eigentlich noch immer in dem Dienste des Königs von Sardinien.

Bei dieser Gelegenheit müssen wir erwähnen:

Wenn Garibaldi sich mit dem Commando der 11ten Division begnügte, und das Obercommando ohne Eifersüchtelei an den General Fanti überließ, so dürfte davon wohl ein mitwirkender Grund sein, daß sowohl politische als militärische Bedenken seiner Klugheit und Erfahrung die Uebernahme dieses Commandos abriethen, denn die toskanischen Truppen, welche natürlich den größten Theil des Liga-Heeres bilden, sind nicht sehr geeignet, Vertrauen einzuflößen. Um so tüchtiger sind dagegen die Truppen Parmas, Modenas und die römischen aus den Legationen. Uebrigens waren selbst die tüchtigsten Köpfe der Meinung, Garibaldi als Obercommandant würde der militärischen Stellung Mittelitaliens einen großen Halt geben, denn mehrere erfahrene und urtheilsfähige Kriegsmänner haben die Ansicht ausgesprochen, nach dem, was Garibaldi mit sehr unvollkommenen Mitteln ausgeführt, wäre er vollkommen dazu geeignet, mit dem besten Erfolge den Oberbefehl über ein vollständiges Heer zu übernehmen. Dazu kommt noch, daß er sich die Achtung und die Zuneigung aller seiner Untergebenen, bis herab zum gemeinen Manne, mit dem er alle Strapatzen theilt, im höchsten Grade zu gewinnen versteht.

Unter den verbreiteten Gerüchten und Vermuthungen müssen wir noch die erwähnen, welche sich an die muthmaßliche Dictatur anschloß: Garibaldi's Anstrengungen werde es gelingen, die Einigung der insurgirten Herzogthümer zu bewirken, und er werde dann eine mittelitalienische Republik proclamiren, dabei erinnerte man daran, daß er auch schon eine römische Republik gegen die Franzosen vertheidigt hatte, und daß Napoleon III. damals, wie jetzt, an der Spitze der französischen Nation gestanden habe, — jetzt aber als Kaiser, den Garibaldi, der Republikaner, zu hassen alle Ursache hätte, da er seine republikanischen Gesinnungen selbst unter der Uniform eines königlich sardinischen Generals nicht aufgegeben.

Während man so die Treue gegen Victor Emanuel verdächtigte, die Garibaldi sich ausdrücklich vorbehalten hatte, trat dieser den ihm endlich officiell übertragenen Oberbefehl an und traf zu diesem Zwecke am 13 August Nachmittags 2 Uhr in Genua ein, um sich nach der Romagna zu begeben. Um 6 Uhr schiffte er sich nach Livorno ein, begleitet von dem Oberstlieutenant Medici, dem Major N. Bigio und dem Advokaten Malcuchini, den das toskanische Gouvernement an ihn abgesendet hatte. Am 14ten traf er in Livorno ein.

Bevor er diese Reise antrat, hatte er bei der Niederlegung des Commandos über sein bisheriges Armeecorps die folgenden Worte gerichtet:

Waffengefährten!

„Ich sehe mich genöthigt, mich für jetzt vom Dienst zurückzuziehen. Der General Pomaretto ist von Sr. Majestät bestimmt, die Brigade zu commandiren. Ich hoffe, daß Ihr eben so strenge Mannszucht zeigen werdet, wie Ihr tapfer waret in der Schlacht, und daß Ihr dahin streben werdet, die Waffentüchtigkeit zu erlangen, welche Euch in den Stand setzen wird, den Feinden unseres Landes gegenüber zu treten.

„Bergamo, den 11. August.

„Garibaldi."

In Livorno verweilte Garibaldi aber nur sehr kurze Zeit, denn noch am 14. sehen wir ihn in Florenz, begleitet von den Majoren Rino und Bigio *). Er traf daselbst um 10 Uhr Morgens ein und fuhr incognito nach seinem Hôtel. Unterwegs wurde er aber von einigen Freiwilligen erkannt; diese eilten dem Wagen unter dem lauten Rufe nach: „Es lebe Garibaldi!" Dadurch war sein Gefolge, bis er die Mitte der Stadt er-

*) Major Bigio ist ein Bruder des ehemaligen französischen Ministers Bigio, welcher 1848 Gesandter in Turin war.

reichte, zu einem ungeheuern Schwarm angewachsen. Die Nachricht seiner Ankunft verbreitete sich mit reißender Schnelligkeit von Straße zu Straße, von Haus zu Haus, und eine Stunde lang erfüllte der Name Garibaldi's die ganze Stadt. Alle Fenster schmückten sich mit Fahnen, und bis 4 Uhr wurde die Straße, in welcher Garibaldi wohnte, nicht leer. Er mußte mehrmals auf dem Balcon erscheinen, wo er immer wieder mit einem Beifallssturm empfangen wurde. — Die provisorische Regierung hatte ihn gleich nach seiner Ankunft officiell bewillkommnen lassen, und noch an demselben Tage wurde er dem Präsidenten Rica vorgestellt.

Wie sehr übrigens Die irrten und vielleicht noch fortwährend irren, welche glauben, Garibaldi werde eine Republik proclamiren, geht aus einem Urtheile hervor, welches einer seiner Obersten, der ihn genau kennt, öffentlich über ihn fällte. „Garibaldi," sagte er, „ist dem Könige Victor Emanuel mit unbedingter Treue ergeben, und das ist ganz natürlich, denn der König ist, gleich Garibaldi, ein Mann der That. Victor Emanuel ist der Garibaldi unter den Königen."

Nachdem Garibaldi darauf sein neues Commando angetreten hatte, erließ er einen Tagesbefehl, der hinlänglich bewies, daß er nicht gewillt war, die Unordnungen zu dulden, die gewöhnlich von revolutionären Bestrebungen, namentlich aber von revolutionären, kaum disciplinirten Truppen unzertrennlich sind, zu dulden, denn er sagte darin: „Ich werde Jeden füsiliren lassen, der sich als Mazzinist, Republikaner, Socialist, oder selbst als Garibaldist bekennt. Ich will nur Soldaten und Italiener."

Bei der Darlegung solcher Strenge kann es dann wohl sein, daß ein Gerücht Glauben verdiente, welches versicherte, das Militär sei unzufrieden damit, daß der General Ulloa das Commando niedergelegt habe und Garibaldi an dessen Stelle getreten sei, und daß dieser, der bekanntlich von jeher mit unerbittlicher Strenge die Mannszucht bei seinen oft nur zu indisciplinirten Truppen aufrecht erhielt, sich genöthigt gesehen habe, aus der Armee 60 Officiere zu entfernen, von denen 5 sogar in Ketten fortgeschafft worden wären.

Dagegen in grellem Widerspruch stand dann freilich die Thatsache, daß der größere Theil der aus Piemont heimgekehrten Freiwilligen sich unter das toskanische Militär aufnehmen ließ, und also Garibaldi freiwillig folgte.

Garibaldi ging beinahe unmittelbar nach der Uebernahme seines neuen Commandos nach Bologna, um dort mit andern Führern ein militärisches Uebereinkommen und gemeinsames Vorgehen der Legationen, Toskanas und der Herzogthümer zu verabreden und die große Menge schmeichelte sich mit der allerdings trügerischen Hoffnung, Garibaldi würde unverzüglich mit einem auserlesenen Corps von 30,000 Mann die römischen Marken erobern und dann den Aufstand nach dem Königreich Neapel verpflanzen.

Während der wenigen Stunden, die Garibaldi bei dieser Gelegenheit in Bologna zubrachte, besuchte er das Grab des Pater Bassi, der 1848 hier von den Oesterreichern erschossen wurde. Sie hatten ihn in der Provinz Ravenna verhaftet, wo Garibaldi auf dem Rückzuge von Rom seine Frau, die treue und muthige Gefährtin seiner Kriegszüge verlor. — Der Besuch des Grabes mochte wohl die Erinnerung an den damals erlittenen Verlust schmerzlich in ihm wach gerufen haben, denn er zeigte sich, als er von dort kam, düster und schweigsam. Dennoch besuchte er darauf auch noch die Monta geola, wo die Bologner 1848 die Oesterreicher angegriffen und in die Flucht geschlagen hatten.

Während dieser Zwischenfälle war Garibaldi in Stradella zum Abgeordneten für die Deputirtenkammer erwählt worden, indeß scheint es nicht, als ob seine militärische Wirksamkeit ihm gestattet habe, seinen Sitz einzunehmen, wenigstens hat von seiner parlamentarischen Thätigkeit durchaus nichts verlautet, und sein Aufenthalt wird so oft von den verschiedensten Orten Mittelitaliens genannt, daß er nur auf ganz kurze Zeit dazwischen in Turin gewesen sein könnte.

Daß übrigens die Begeisterung nicht so allgemein, oder wenigstens nicht so wahr sein muß, als es vielfach geschildert worden ist, scheint aus den Worten hervorzugehen, welche Garibaldi in Modena sprach, wo er eine Anrede an das Volk hielt. Diese Worte sagten: Die Menge solle weniger schreien, mehr handeln und sich in disciplinirten Corps bewaffnen für die Vertheidigung ihres Willens und um wo möglich die Unabhängigkeit Italiens zu erringen.

Wenn indeß Garibaldi, wie aus dieser Anrede hervorgeht, sich nicht herabließ, dem Volke zu schmeicheln, sondern demselben vielmehr auch derbe Dinge zu sagen wußte, so litt darunter seine Popularität keineswegs; das zeigte sich deutlich, als er in den letzten Tagen des August in Begleitung des Kriegsministers, Oberst Fragoli, seinen Einzug in Parma hielt. Hier spannte das Volk die Pferde von seinem Wagen und dieser wurde darauf von Menschenhänden im Triumph nach seiner Wohnung gezogen. Diese Gelegenheit benutzte er, wie jede ähnliche, die sich ihm bot, zu einer zahlreich versammelten Volksmenge zu reden, und unter Anderem sagte er: Nach solchen Kundgebungen (wie die ihm soeben wiederfahrene Ehrenbezeigung) würden die flüchtigen Fürsten wohl selbst nicht mehr an die Möglichkeit ihrer Rückkehr denken. Nach einigen Worten über andere Gegenstände fügte er dann hinzu: Zur Sicherung des Fortganges sei es nöthig, daß Italien eine Million Krieger stelle.

Bei den täglich sich kreuzenden Gerüchten der verschiedensten Art, mußte die Aufregung natürlich stets wachsen, und selbst an Besorgnissen konnte es nicht fehlen, da beständig von verschiedenen Seiten mit Angriffen gedroht wurde. Deßhalb rückte schon am 25. August der General Mezzacapo den päpstlichen Truppen entgegen, deren Ankunft man gemeldet hatte, obgleich ein wirklicher Zusammenstoß mit demselben, wie bekannt, erst viel später erfolgte. Um indeß auf keinen Fall durch trügerische Sicherheit etwas zu versäumen, ließ Garibaldi sich stündlich von Bologna Nachricht geben, während er zugleich gegen Ferrara vorrückte, um für den Fall eines Zusammenstoßes bei der Hand zu sein.

Indeß sollte die Gefahr, die so lange gedroht hatte sich endlich unter der Uniform päpstlicher Truppen in greifbarer Gestalt zeigen, und am 22. September gingen die Generale Fanti, Garibaldi und Rogelli nach Rimini ab, wo 14,000 Mann der Liga versammelt waren, nachdem man auch Gravana besetzt hatte. Ihnen nahe gegenüber bei Pestaro und Ancona standen die päpstlichen Truppen. Bei solcher Uebermacht war also die Gefahr für die Verbündeten für den Augenblick nicht groß, aber eine größere lag aller Wahrscheinlichkeit nach drohend im Hintergrunde; um daher auch einem zahlreicheren Feinde die Spitze bieten zu können, erließ Garibaldi unter dem 24. November an die Bewohner von Ravenna die folgende Proklamation:

„An die Italiener!

„Zu Ravenna versammeln sich die Söhne Italiens, die auf den Feldern der Lombardei die Oesterreicher in die Flucht schlugen und jahrelange Beleidigungen tapfer rächten. Eilt herbei, Ihr jungen Leute, die Ihr diesen Tapfern folgen wollt, und schwört mit mir, die Waffen nicht eher niederzulegen, als bis unsere Unabhängigkeit gesichert ist! Ich hoffe, daß die Männer von Herz nicht dulden werden, daß unsere Zahl bei dem Unternehmen gering bleibt, welches über das Schicksal unseres edlen Vaterlandes entscheiden soll. Zu Bologna, Ferrara und Forli befinden sich Officiere, welche den Auftrag haben, die Freiwilligen der Umgegend zu sammeln, um sie nach Ravenna zu senden, wo sie ihre definitive Organisation erhalten sollen."

In der That zeigte es sich als nothwendig, die Saumseligen herbeizurufen, die wiederholter und dringender Proclamationen ungeachtet bis jetzt noch immer gezögert hatten, sich unter die Fahnen zu stellen, denn schon am Tage nach dieser Proclamation, am 25. September, fand bei Rimini der erste Zusammenstoß mit den päpstlichen Truppen statt, indem zwei feindliche Patrouillen aufeinander trafen und ein kleines Scharmützel hatten, bei dem es auf beiden Seiten einige Verwundete gab, so daß am Abend dieses Tages die ersten Opfer des italienischen Bürgerkrieges, der heftig zu entbrennen auf dem Punkte stand, in das Lazareth zu Ravenna gebracht wurden.

Inzwischen wuchs die Gefahr, daß der Bürgerkrieg ganz Italien in Brand stecken werde, immer mehr und mehr, denn in Florenz regte sich nicht nur die Reaction gar mächtig, sondern auch Mazzini, der sich seit mehreren Wochen in Toscana aufhielt, war eifrig bemüht, das Feuer zu schüren. Die provisorische Regierung hatte daher alle Ursache, auf ihrer Hut zu sein und im Fall der Noth energisch einzuschreiten. Dabei hoffte sie vor Allem, in Garibaldi eine feste Stütze zu finden, und sie täuschte sich darin auch nicht, denn Garibaldi ist einerseits der erbitterte Feind Mazzini's und auf der andern Seite wuchs noch stündlich seine Popularität. Dieß zeigte sich unwiderleglich in Bologna, wo ihm am 2. October eine gewaltige Ovation gebracht wurde, bei welcher Begeisterung jedem seiner Worte folgte, als er unter dem Beifallssturme der Menge „vor Gott schwur, daß der klerikale Despotismus für immer dahin sei.“

Seine Popularität verbreitete sich sogar bis nach England, denn auf seine Aufforderung, eine Million Francs zum Ankauf von Gewehren zu subscribiren, hat das sonst oft so kalte Inselvolk sich beeilt, seine Guineen auf den Opferaltar der italienischen Freiheit und Unabhängigkeit zu legen.

Dennoch schien Garibaldi sich über die Opferwilligkeit seiner eigenen Landsleute und deren Begierde, an dem Kampfe Theil zu nehmen, nicht zu täuschen, das bewiesen seine so oft wiederholten Aufrufe, unter die Fahnen zu eilen.

Der letzte dieser Aufrufe, den er am 5. October erließ, bewies hinlänglich, für wie groß er die Gefahr erachtete und folglich auch die Nothwendigkeit, derselben eine zahlreiche Masse von Streitern entgegenzustellen. Indem wir denselben mittheilten, schlossen wir mit unserer zweiten Auflage einen Lebensabschnitt Garibaldi's, der, wie die staunende Welt sah, bald einen thatenreichen Nachtrag erhielt, welchen wir in den nachfolgenden Blättern in gedrängter Kürze schildern wollen, um zu dem Punkte zu gelangen, auf dem wir jetzt stehen, und der ohne Zweifel auf eine oder die andere Weise zu einem Abschlusse des blutigen Dramas führen wird, in welchem Garibaldi eine so hervorragende Rolle spielte, daß im Laufe von Jahrhunderten in Beziehung auf die Geschichte Italiens kein anderer Name ihm an Bedeutung gleichgestellt werden kann.

Die oben erwähnte Proklamation, als Tagesbefehl erlassen, lautet:

„Italienische Armee! Elfte Division!

Die Stunde eines neuen Befreiungskampfes ist nicht fern! Der Feind bedroht uns und wird uns wohl binnen Kurzem angreifen. Wenn ich mich an meine Waffengefährten in der Lombardei wende, so weiß ich, daß ich nicht zu Tauben spreche, wenn es sich darum handelt, die Feinde Italiens zu bekämpfen. Ich erwarte Euch daher in meinen Reihen und bald.

Generalquartier von Bologna, den 5. October 1859

Garibaldi.

Drohender Kampf in den Herzogthümern. — Garibaldi's Rücktritt aus dem activen Dienst. — Seine verunglückte Wiederverheirathung. — Sein Eintritt als Deputirter in das Turiner Parlament. — Sein Unwille über die Abtretung Nizza's. — Gründung der Volksschulen durch die Bemühungen Garibaldi's. — Sein Aufbruch nach Sicilien.

Die in den Herzogthümern bisher anwesenden piemontesischen Commissäre, welche die Verwaltung interimistisch geführt hatten, waren zurückgezogen und den Bevölkerungen die freie Selbstbestimmung zugesichert worden. Die Folge war nicht zweifelhaft und zeigte sich so, wie sie erwartet war: Allgemeines Verlangen des Anschlusses an Piemont.

Dennoch waren Kämpfe vorauszusehen, theils gegen den Papst, theils gegen Neapel, selbst wenn Oesterreich nichts thun würde, um die vertriebenen Fürsten durch Waffengewalt wieder einzusetzen, was bei dessen Lage und während der Friedensverhandlungen zu Zürich nicht zu erwarten stand.

Inzwischen bedrohten die päpstlichen Truppen bereits ernstlich die Grenze der Romagna, und Garibaldi, der bisher, um seinen Ungestüm zu zügeln, obgleich die eigentliche Seele des Ganzen, dem bedächtigeren General Fanti untergeordnet gewesen war, wurde zum wirklichen Oberbefehlshaber ernannt. Indeß sollte es für den Augenblick noch nicht zum Kampfe kommen, obgleich Victor Emanuel bei einer Unterredung, die er am 31. October mit Garibaldi hatte, diesem halb und halb seine Zustimmung zur Eröffnung der Feindseligkeiten gab.

Aber noch ehe sich dazu die Gelegenheit geboten und nachdem die Brigade Medici bereits die Grenze überschritten hatte, entstanden Differenzen zwischen Piemont und Frankreich. In Folge davon wurde Garibaldi zu verstehen gegeben, daß sein Vorschreiten im gegenwärtigen Augenblicke unbequem sein würde, und der König appellirte an seinen Patriotismus.

Garibaldi trat augenblicklich aus dem activen Dienst und zog sich als wirklicher piemontesischer General nach Capraja zurück.

Bald darauf trug sich in seinem Privatleben ein Ereigniß zu, welches ganz geeignet war, ihn auf das Peinlichste zu berühren, und welches wir hier nicht mit Stillschweigen übergehen können, obgleich es ganz ohne Einfluß auf seine öffentliche Laufbahn geblieben ist. — Er verheirathete sich nämlich im Anfange des Jahres 1860 abermals, obwohl eigentlich nur halb.

Schon im Jahre 1848 hatte Garibaldi die Bekanntschaft des Grafen Raimondi, eines Lombarden, gemacht. Im Feldzuge von 1859 erneuerte Garibaldi die Bekanntschaft des Grafen, und als er aus dem Dienst getreten war, besuchte er Raimondi auf dessen Villa dell 'Amo am Comersee. Die noch sehr junge Tochter des Grafen zeigte sich von Enthusiasmus für den gefeierten Helden ergriffen; auf diesen machte das reizende Mädchen Eindruck, der Vater selbst betrieb eine Heirath, und da seine Tochter keinen Widerspruch erhob, wurde sie am 25. März 1860 mit Garibaldi getraut. Kaum aber war die heilige Handlung vollzogen, als der Neuvermählte die überraschende Nachricht erhielt, seine junge Gattin trage eine andere Liebe im Herzen und unter demselben ein Pfand davon. Mit aller Ruhe zeigte er den Brief der jungen Frau, und da diese die Beschuldigung nicht leugnen konnte, reiste der betrogene Gatte augenblicklich ab, ohne seitdem wieder mit seiner angetrauten Frau in Berührung zu kommen, welche als Madame Garibaldi in Freiburg in der Schweiz lebt.

Bald wurde ihm durch neue politische und kriegerische Ereignisse eine Zerstreuung geboten, wie sie seinem Charakter am besten zusagte.

Noch während der Friedensverhandlungen in Zürich regte sich nämlich in den Theilen Italiens, die durch den Krieg nicht von dem auf ihnen lastenden Joche befreit worden waren, d. h. in Rom und in Neapel, ein gewaltiger Geist der Unzufriedenheit und der Drang, die Freiheit ebenfalls zu erringen, deren sich die Mehrzahl der Italiener bereits zu erfreuen hatte. Garibaldi erblickte ohne Zweifel in den hier und dort sich äußernden

Unruhen das Pfand, daß seiner kriegerischen Thätigkeit zur Erreichung seines einzigen Lebenszweckes: Freiheit und Einheit Italiens, — schon in der nächsten Zeit ein neues Feld geboten werden würde.

Einstweilen jedoch sendete seine Vaterstadt Nizza ihn als Deputirten in das Parlament von Turin. Kaum hatte er hier seinen Sitz eingenommen, als es auch schon zu einem heftigen Auftritte zwischen ihm und dem Minister Cavour wegen der beabsichtigten Abtretung von Savoyen und Nizza kam. Seine darüber gestellte Interpellation blieb in der Sitzung vom 12. April ohne Erfolg, und da er sich der Täuschung hingab, die zugesagte Abstimmung über diese Abtretung, die sein Herz auf das Schmerzlichste verwunden mußte, könnte zur Wahrheit werden, eilte er nach Nizza, um die Abstimmung zu überwachen. Daß er nichts gegen die französischen Intriguen auszurichten vermochte, ist bekannt genug.

Wir würden die Aeußerungen, die er dort machte, und manche andere seiner eigenen Worte hier wiederholen, da sie beinahe stets von wunderbarem Erfolge gekrönt waren, und besonders helle Streiflichter auf seinen Charakter werfen; aber leider gestattet uns dieß der uns angewiesene Raum nicht. Wir werden dieß daher nur ausnahmsweise in besonders wichtigen Fällen thun.

Konnte Garibaldi einigen Trost dafür finden, seine geliebte Vaterstadt von dem italienischen Gesammtvaterlande losgerissen zu sehen, so lag dieser in der Aussicht, seinem Lebensziele in der nächsten Zukunft einen mächtigen Schritt entgegen zu thun, denn immer heftiger wurden in Neapel, besonders aber in Sicilien, die Unruhen, immer weiter griffen sie um sich, und aufmerksamer richtete er die Blicke nach dem Süden, bereit, dort bei der ersten Gelegenheit mit entschlossener That einzugreifen.

Für den Verlust seines verlorenen Bürgerrechtes in Nizza bot ihm die Stadt Chiavari sofort Ersatz, indem sie ihm durch ihren Gemeinderath das Bürgerrecht antrug, welches er auch durch ein herzliches Danksagungsschreiben annahm.

Wie unablässig aber Garibaldi bemüht war, Alles aufzubieten, seine Nation nicht nur aus der politischen Knechtschaft zu befreien, sondern auch aus der geistigen, in der sie so lange durch ihre Machthaber absichtlich erhalten worden war, bewies er, indem er für das Volkswohl rastlos nach allen Richtungen thätig war, wie aus seiner Sorge für den Unterricht des Volkes hervorging. Seinen Bemühungen, unterstützt durch hochherzige italienische Frauen, an deren Spitze in Folge seiner Aufforderung die Marchesa Pallavicino-Trivulzio trat, gelang es, binnen kurzer Zeit zahlreiche Volksschulen zu errichten, deren segensreiche Folgen sich schon zu zeigen beginnen.

Immer zahlreicher wurden nun im Laufe des April die Nachrichten über die Unruhen in Neapel und Sicilien, und man brachte unbedingt mit denselben Garibaldi in Verbindung, um so mehr, als derselbe durch einen öffentlichen Aufruf eine Million Gewehre gefordert und zu deren Ankauf Beisteuern verlangt hatte. — Wie sehr er auch hier wieder in dem Geiste der öffentlichen Meinung gehandelt hatte, leuchtet daraus ein, daß nicht nur aus allen Theilen Italiens reichliche Beiträge eingingen, sondern selbst aus fremden Ländern.

Schon im Laufe des April wurde Garibaldi mit diesem Aufstande durch die Gerüchte in immer engere Verbindung gebracht, und gegen Ende April wurde plötzlich die Nachricht verbreitet, Garibaldi sei aus Turin verschwunden, ohne daß man bestimmte Nachrichten über seinen augenblicklichen Aufenthalt hätte.

Zugleich wurden Rüstungen, die ihrer Natur nach hätten geheim bleiben sollen, mit solcher Oeffentlichkeit betrieben, daß, ungeachtet die piemontesische Regierung jede Mitwissenschaft in Abrede stellte, sehr bald kein Zweifel mehr darüber obwaltete, Garibaldi gehe mit der Absicht um, sich an die Spitze des Aufstandes zu stellen. Nicht lange sollte man über die Absichten Garibaldi's in Ungewißheit bleiben, denn schon in den ersten Tagen des Mai 1860 erfuhr man, daß Garibaldi seine Entlassung als Deputirter eingereicht hätte, und am 8. Mai erfolgte von Turin die officielle Meldung, daß Garibaldi nach Sicilien abgesegelt sei, begleitet von 1800 bis 2000 Freiwilligen, unter denen von bekannteren Namen Nino Bixio, Sirtori und Türr genannt wurden.

Die ganze liberale Partei in Italien brach bei dieser Kunde in lauten Jubel aus, denn obgleich das Unternehmen des gefeierten Volksmannes vielseitig als der Tollhäuslerstreich eines Wahnsinnigen bezeichnet wurde, gab es doch auch eine große Menge, welche nicht an dem Gelingen zweifelte. Denn wie hätte ein Garibaldi geschlagen werden können? In der Siegesgewißheit sagte daher auch die Unità Italiana: „Der Weg nach Sicilien ist der sicherste, Garibaldi nach Nizza und Victor Emanuel nach Venedig zu führen."

Hat sich nun freilich diese Prophezeihung bisher noch nicht erfüllt, so ist doch so viel gewiß, daß mit der Einschiffung Garibaldi's und seiner Handvoll Tapferer der merkwürdigste und glorreichste Feldzug begonnen war, den die neuere Kriegsgeschichte aufzuweisen hat. Hier eine gedrängte Uebersicht desselben.

Feldzug Garibaldi's in Sicilien und Neapel.

Alles war zu der abenteuerlichen Kriegsfahrt schon seit längerer Zeit vorbereitet, und die in Genua versammelten Freiwilligen, wenig über 1000 an der Zahl, warteten nur auf den Wink des angebeteten Führers, als Nino Bixio, der Freund und Kampfgenosse Garibaldi's, und ebenso, wie dieser selbst, Seemann, es übernahm, sich mit Gewalt in den Besitz von zwei Dampfern der Gesellschaft Rubattino zu setzen, des Piemonte und des Lombardo.

Am Abend des 5. Mai begann die Einschiffung in Barken, welche auf das offene Meer steuerten, wohin die Schiffe ihnen folgten, um sie an Bord zu nehmen.

Am 6. Mai, Morgens 4 Uhr, setzten sich die Dampfer in Bewegung, der Piemonte commandirt durch Garibaldi selbst, der Lombardo durch Nino Bixio.

Die Ereignisse dieses denkwürdigen Feldzuges sind, wie wir annehmen dürfen, noch allgemein in so frischem Andenken, daß wir uns berechtigt halten, dieselben im Allgemeinen flüchtig zu erwähnen, und nur das besonders hervorzuheben, was Garibaldi persönlich betrifft und was geeignet ist, seinen Charakter in ein helles Licht zu stellen.

Um sich reichlicher, als es bisher hatte geschehen können, mit Munition zu versorgen, lief er am Morgen des 7. Mai in den kleinen Hafen Talamone an der toskanischen Küste ein und verschaffte sich hier von dem Commandanten der Zollstation Ortebello 150,000 Patronen, so wie einige kleine Geschütze, auch aus der Umgegend einen Vorrath von Lebensmitteln.

Zugleich benutzte er den bis zum Abend des 9. ausgedehnten Aufenthalt, um von hier aus eine Proclamation zu erlassen, in welcher er sich zum erstenmale öffentlich über die Expedition aussprach, die Italiener zu seinem Beistande auffordernd.

In die Nähe der Küste Siciliens gelangt, wurden die beiden Dampfer von den beiden neapolitanischen Wachtschiffen Stromboli und Capri entdeckt, welche sogleich auf sie Jagd machten und ihnen bald nahe genug kamen, um ihr Feuer eröffnen zu können. Indeß liefen die beiden leichten Fahrzeuge Garibaldi's dennoch glücklich in den Hafen von Marsala ein. Er ließ sie absichtlich stranden und begann unter dem beinahe unschädlichen Feuer der schwereren neapolitanischen Schiffe sogleich die Landung, die er mit seiner gewöhnlichen Thätigkeit und Umsicht in unglaublich kurzer Zeit vollbrachte.

Mit Blitzesschnelle verbreitete sich die Nachricht von dieser verwegenen Landung durch das ganze Land. Die Partei des Hofes zitterte ungeachtet des Hohnes und Spottes, den ihre Blätter über den Abenteurer, den Räuberhauptmann, ergossen, die liberale Partei aber jubelte — wenn auch vorläufig nur im Stillen — und traf Anstalten, den ihrerseits zu unterstützen, der zu ihrer Unterstützung herbeigeeilt war.

Für Garibaldi seinerseits galt nun vor allen Dingen rasches Handeln. Er sah ein, daß die erste Ueberraschung großen Vortheil gewährte, und daß er sie benutzen müßte. Auf der Stelle errichtete er eine provisorische Regierung und rief durch eine Proclamation alle Sicilianer zu den Waffen. Auch einflußreiche Sicilianer und Neapolitaner, Castiglia, La Masa, Cosenz, erließen ihrerseits ähnliche Aufrufe; diese Proclamationen wurden in vielen tausend Exemplaren verbreitet, und am 12. Mai begann Garibaldi, jetzt schon an der Spitze von 4000 Mann, den Marsch in das Innere des Landes. In Salemi erklärte er sich durch die folgende Proclamation zum Dictator Siciliens.

„Giuseppe Garibaldi, Oberbefehlshaber des Nationalheeres auf Sicilien; auf Ansuchen der angesehensten Bürger, und nach Berathung der freien Communen der Insel: In Erwägung, daß zu Kriegszeiten es nothwendig ist, daß die Civil- und Militär-Gewalt in denselben Händen concentrirt sei, beschließt, daß er die Dictatur auf Sicilien im Namen Victor Emanuels, des Königs von Italien, übernimmt. Salemi, 14. Mai 1860. Giuseppi Garibaldi. Für richtige Ausfertigung: Stef. Türr, Generaladjutant.“

Dann verordnete er, daß die ganze waffenfähige Bevölkerung in den Dienst treten sollte. Dieß hatte jedoch nur sehr geringen Erfolg.

Selbst Freiwillige traten in viel geringerer Anzahl, als sich hätte vermuthen lassen, unter die Fahne Garibaldi's. Dieser aber rückte vor, ohne sich viel um die Zahl seiner Streiter zu kümmern. Am 15. schon fand dann der erste ernstliche Zusammenstoß mit den königlichen Truppen statt, und zwar mit denen des General Landi, der bei Catalasimi mit vier Bataillonen Infanterie, 200 Mann Cavallerie und vier leichten Bergkanonen auf Garibaldi traf.

Sogleich entspann sich ein Tirailleurfeuer, aber den tapfern Alpenjägern wurde die Sache bald langweilig und durch einen ungestümen Bajonnet-Angriff warfen sie die feindlichen Schützen auf das Hauptcorps, unaufhaltsam die Höhe erstürmend, auf welcher Landi eine sehr vortheilhafte Stellung hatte. Dennoch wurde dieser erste Angriff und eben so auch ein zweiter zurückgeschlagen. Nun aber rückte Garibald zur Unterstützung heran, und Türr bedrohte die linke Flanke des Feindes. Dieser Angriff gelang indeß ebenfalls nicht, und es entstand nach demselben auf beiden Seiten eine kurze Pause.

Während der Ruhe waren Garibaldi's Geschütze herangekommen. Sofort ließ er auf die königlichen Truppen feuern, und schon die ersten Schüsse brachten eine ungeheuere Wirkung hervor. Diese bemerkend, machte Garibaldi nun einen neuen Angriff, worauf sich Landi gegen Catalasimi zurückzog, so eilig, daß er sogar eines seiner Geschütze zurückließ. Der Kampf hatte 7 Stunden gedauert und den Neapolitanern etwa 120 Todte und Verwundete gekostet, Garibaldi aber nur 70, unter denen sich die unverhältnißmäßig große Zahl von 18 Officieren befand.

Als Landi nach Catalasimi kam, zog er sich weiter zurück, da ihm die Nachricht Furcht einflößte, daß Rosolino Pilo, eines von den Häuptern des Aufstandes, die bisher vereinzelten Streifschaaren der Insurgenten gesammelt hätte und ihm den Rückzug auf Palermo abzuschneiden drohte. Er trat diesen daher sogleich an, und ging nach Portenico. Hier hatten sich auf die Nachricht von den Vorfällen bei Catalasimi die Einwohner erhoben. Unterstützt durch einen Theil der Schaar Rosolino Pilos verwehrten sie den Truppen den Durchzug und lieferten ihnen einen blutigen Straßenkampf, durch den die Königlichen so entmuthigt wurden, daß sie in einen Zustand beinahe völliger Auflösung geriethen. Zugleich aber übten sie die empörendsten Grausamkeiten.

Einschalten müssen wir hier noch, daß Garibaldi, als eine Art Rechtfertigung seines Unternehmens, von Sicilien aus, wahrscheinlich sogleich nach seiner Landung, an den König Victor Emanuel einen Brief schrieb, aus welchem hervorgeht, daß er die Unternehmung zwar zur Befreiung seiner Landsleute von dem neapolitanischen Joche, zugleich aber auch auf Rechnung und zum Vortheil des Königs von Italien begonnen hatte, und demselben das eroberte Reich übergeben würde, sobald er sein Ziel erreicht hätte.

Am 16. rückte darauf Garibaldi in Catalasimi ein, von wo er einen dankenden Tagesbefehl an seine Leute erließ und an Rosolino Pilo den Befehl ertheilte, sich mit ihm in dem Lager von Renna zu einem gemeinschaftlichen Angriffe auf Palermo zu vereinigen. La Masa wurde der Oberbefehl über die sicilianischen Freicorps übertragen, um in die Leitung der einzelnen Insurgenten-Abtheilungen Einheit und Ordnung zu bringen; denn bis jetzt hatten sie Garibaldi kaum einen andern Nutzen gebracht, als den, durch ihre Zahl die königlichen Truppen in Respekt zu halten und irre zu leiten.

Nach diesen Vorbereitungen ging Garibaldi selbst am 18. nach dem Lager von Renna, in welchem er einen großen Theil der Leute Rosolino Pilos an sich zog und während eines dreitägigen Aufenthaltes mehrere Recognoscirungen gegen Palermo ausführte. Dabei kam es zu einem Gefechte, welches an und für sich zwar unbedeutend war, aber einen empfindlichen Verlust durch den Tod Rosolino Pilos herbeiführte.

Die Nachrichten, welche Garibaldi in diesem Lager empfing, bestimmten ihn, ohne längeres Zögern gegen Palermo vorzurücken. Zwar fühlte er seine Streitkräfte noch zu schwach zu einem erfolgreichen Angriffe auf die königlichen Truppen, aber er rechnete theils auf Zuzüge von Freiwilligen aus dem übrigen Italien, die auch nach und nach in ziemlich bedeutender Anzahl eintrafen, theils auf Verstärkung durch die Freischaaren unter La Masa und Fura.

Während dessen herrschte an dem Hofe Franz II. die lebhafteste Bestürzung, und obgleich er auf den Kopf Garibaldi's einen Preis von 30,000 Dukati setzte, empfand man eine wahre Furcht vor demselben und suchte die Gefahr durch allerhand Maßregeln abzuwenden. Casalcicala, der bisherige Befehlshaber auf Sicilien, wurde abberufen und durch den General Lanza ersetzt, der selbst ein Sicilier war, und unbedingte Vollmachten empfing. Er erließ sofort nach seiner Ankunft eine wortreiche Proclamation an seine Landsleute und machte allerhand lieblich klingende Zusicherungen. Aber die Sicilier wußten aus langer Erfahrung, was sie von dergleichen Versprechungen zu halten hatten. Lanza fand daher durchaus kein Vertrauen, und in einem Manifeste, welches am 20. Mai erlassen wurde und die Unterschrift „das Volk“ trug, sagte man ihm dieß rund heraus.

Garibaldi trat nun seinen Marsch in der Nacht vom 21. zum 22. an, und bezog im Süden Palermo's bei Parulo ein neues Lager. Hier schien er der Vernichtung ausgesetzt zu sein, denn am Morgen des 24. brachen von Palermo gegen ihn 10,000 Mann unter dem Commando des General Colonna auf.

Garibaldi verfügte kaum über 2000 Mann, und er hielt daher den Rückzug für unerläßliches Gebot der Klugheit. Dabei führte er aber durch eine Scheinflucht ein meisterhaftes Manöver aus, indem er die Truppen zu der Verfolgung seines Artillerie-Commandanten Orsini mit 5 Geschützen und den Munitions- und Bagage-Karren, nur von 250 Mann gedeckt, verlockte, sich selbst aber auf einem beschwerlichen Umwege gegen Palermo wendete.

Salzano, der Commandant von Palermo, hatte aus den Mittheilungen Colonnas den trügerischen Schluß gezogen, Garibaldi sei in größter Unordnung auf Corleone geflohen. Er beschloß daher ihn zu verfolgen und setzte sich dazu selbst am 26. an die Spitze von 6000 Mann.

Orsini mußte der ungeheuren Uebermacht weichen, und verlor sein ganzes Material, aber Garibaldi wurde durch dieses Opfer Herr von Palermo. Denn durch zahlreiche Zuzüge unter La Masa verstärkt, erschien er ganz unerwartet vor Palermo, und würde dieses wahrscheinlich durch Ueberrumpelung genommen haben, wären nicht die Sicilianer La Masas in ein vorzeitiges Geschrei und Feuern ausgebrochen. Dadurch wurden die Königlichen zu früh aufmerksam gemacht, und ihre Reserve rückte heran. Dennoch drang Garibaldi an der Spitze der Alpenjäger und der Carabiniers von Genua ungestüm vor, und unterstützt wurde dieser Angriff durch das Sturmläuten in der Stadt, ein Zeichen, daß die Bevölkerung sich zum Anschluß an den Aufstand erhob. Dieß war auch in der That der Fall, und unaufhaltsam drang nun Garibaldi in das Innere der Stadt ein.

Nach einem Halt, nahe der Porta Termini, ging es weiter und nach einem kurzen Kampfe wurde der Senatorenpalast genommen, welchen Garibaldi und das Insurrektionscomité, welches sich zur provisorischen Regierung erklärte, zum Sitze ihres Hauptquartieres machten.

Durch den ganz unerwarteten Angriff waren die königlichen Truppen auseinandergedrängt und jede Verbindung zwischen ihnen gehemmt. Dadurch entstand unter ihnen eine solche Entmuthigung und Verwirrung, daß sie sich in übereilter Flucht zu den beiden festen Punkten zurückzogen, die ihnen zu ihrem Schutze blieben, das Kastell im Norden und das königliche Schloß im Süden der Stadt.

So war also der Sieg zwar so gut wie errungen, aber freilich nicht vollkommen gesichert, und noch sollten, ehe er unbestritten anerkannt wurde, Ströme unschuldigen Blutes nutzlos vergossen, Massen des Eigenthums nutzlos vernichtet werden.

Gleich im Beginn des Kampfes nämlich, d. h. am Morgen des 27. hatte das Kastell den Anfang gemacht, die Stadt zu bombardiren; von 12 Uhr an wurde das Werk der Vernichtung durch zwei im Hafen liegeden Schiffe unterstützt. Dadurch wurde binnen kurzer Zeit ein großer Theil Palermo's in einen Schutthaufen verwandelt, und nach der Versicherung von unparteiischen Augenzeugen, sollen einzelne Stadttheile ausgesehen haben, als wären sie von einem fürchterlichen Erdbeben betroffen worden. — Nach einem officiellen Berichte Garibaldi's wurden aus dem Schutte allein 573 Leichen ausgegraben!

Diese nutzlosen Grausamkeiten verbesserten indeß die die Lage der Königlichen keineswegs, sondern trugen vielmehr dazu bei, die Erbitterung des Volkes zu vergrößern und dadurch die Rache zu verschlimmern. In seiner Rathlosigkeit wünschte Lanza den Abschluß eines Waffenstillstandes, den er auch durch die Vermittelung des Admiral Murphy, Commandanten der englischen Flottille in diesen Gewässern erlangte.

Die Bedingungen wurden von beiden Seiten angenommen, und von König Franz II., nach einigem Sträuben, bestätigt.

Garibaldi erließ danach einen Aufruf an die Sicilianer, zu den Waffen zu eilen, weil die gänzliche Erringung der Freiheit noch schwere Kämpfe erwarten ließe. Sofort nach Abschluß des dreitägigen Waffenstillstandes schickte Lanza den General Letizia nach Neapel, um von dem König die Erlaubniß zu erbitten, nach Ablauf der 3 Tage Palermo gegen den freien Abzug der Truppen an Garibaldi zu übergeben. Die Antwort Franz II., welche ihm den Titel re bombino eintrug, lautete: Man dürfe mit Rebellen nicht unterhandeln und solle lieber Palermo bombardiren, so lange noch ein Stein auf dem andern wäre.

Allein es sollte zu einem Kampfe nicht kommen, denn die Truppen waren gänzlich demoralisirt, und Lanza sah sich dadurch gezwungen, gegen den Befehl des Hofes mit Garibaldi am 6. Juni eine Capitulation abzuschließen, nach welcher am 10. die Einschiffung der Truppen begann. Am 19. war Palermo im ungestörten Besitze Garibaldi's.

König Franz II. war darüber so aufgebracht, daß die Generale Lanza, Salzano, Cataldo, Pasquale Marra, und mehrere der anderen höheren Officieren abberufen wurden, um in Neapel vor ein Kriegsgericht gestellt zu werden.

Während der Waffenruhe und nach dem Abzuge der Truppen, traf Garibaldi verschiedene Verwaltungsmaßregeln, um die Herrschaft auf Sicilien zu befestigen, und als er unumschränkter Herr Palermo's war, erließ er ein Manifest, durch welches er abermals die Sicilianer zu den Waffen rief, aber mit geringem Erfolge, während ihm aus dem übrigen Italien zahlreiche Freiwillige zuströmten, wie z. B. am 21. Juni unter dem Oberst Medici 2800 Mann, in Oberitalien vollständig organisirt, und am 3. bis 6. Juli unter Oberst Cosenz, vortrefflich ausgerüstet, sogar mit gezogenen Geschützen versehen, 1500 Mann. Mit aller Kraft verfolgte nun Garibaldi die schon früher wieder begonnenen Operationen gegen den Rest der Insel.

Die Truppen zogen sich, ihrer großen Ueberzahl ungeachtet, überall aus dem Innern der Insel gegen die Ostküste zurück, was aber nur unter Verübung zahlloser Excesse und empörender Grausamkeiten gegen die Bevölkerung geschah. Als eine wahre Schandthat muß unter denselben namentlich die Vernichtung Catanias durch den General Rivera bezeichnet werden.

Auf einem fluchtähnlichen Rückzuge eilten dann die verschiedenen Truppenabtheilungen nach Messina, dessen baldigen Angriff durch Garibaldi man voraussehen konnte.

Wirft man hier einen Rückblick auf die bisherigen Ereignisse, so muß man gestehen, daß die Kriegsgeschichte aller Zeiten nichts Aehnliches bietet, wie das, was Garibaldi binnen dieser kurzen Zeit vollbracht hatte. — Kaum 1000 Mann landeten bei Marsala unter dem feindlichen Feuer und unbekümmert um dasselbe; — 400 Irreguläre" (wie man sie nannte) schlugen bei Catalafimi 3600 Mann wohlgedrillter Truppen; — 500 bis 600 erstürmten Palermo gegen einen weit überlegenen Feind und etwa 4000 zwangen wenige Tage darauf eine Garnison von 20,000 Mann zu einer nicht sehr ehrenvollen Capitulation. Jetzt nun zogen sich vor der Räuberbande die vielen Tausende königlicher Truppen nach einem einzigen festen Punkte zurück und der König Franz II. zitterte auf seinem Throne vor dem Flibustier-Führer so sehr, daß die Furcht ihm durch eine Proclamation, d. d. Portici, am 25. Juni allerhand Versprechungen entriß, die er, wieder zur Macht gelangt, höchst wahrscheinlich eben so wenig gehalten haben würde, wie sein Vater und sein Großvater vor ihm die von ihnen beschworenen Zusagen gehalten hatten. Deshalb fanden auch die Worte des Königs nirgend Glauben oder Vertrauen, obgleich sie ganz schön klangen, denn sie sprachen in 5 kurzgefaßten Artikeln von — allgemeiner Amnestie — einem neuen (liberalen) Ministerium unter Antonio Spinelli — Verständigung mit Sardinien und Erlassung einer Constitution — Verleihung derselben auch für Sicilien.

König Franz vergaß dabei wahrscheinlich, daß diese Insel, das Stiefkind seiner Monarchie, seit der Constitution von 1812 schon verschiedene andere von seinen königlichen Vorfahren erlassen oder zugesichert erhalten hatte, ohne zur Stunde im Besitz einer solchen zu sein, und so galt auch hier wieder das in unserer Zeit so vielfach verhängnißvoll gewordene: „Zu spät!“ Die königlichen Versprechungen verhallten unbeachtet, und Garibaldi setzte, unbekümmert um diesen Stein des Hindernisses, seine Operationen fort.

Alle diese Ereignisse sind aber noch so lebhaft in der Erinnerung, daß eine flüchtige Hindeutung auf dieselben zur Orientirung unserer Leser genügen wird:

Die königlichen Truppen concentrirten sich in Messina, es mangelte ihnen aber Disciplin und Einheit des Commandos und so nützte ihr großes numerisches Uebergewicht ihnen nichts. Dieß zeigte sich in der Schlacht von Milazzo, am 20. Juli, wo Garibaldi mit 3500 Mann über den viel stärkern General Bosco einen glänzenden Sieg erfocht.

In Neapel selbst fanden während dessen gewaltsame Auftritte statt. König und Ministerium waren gleich macht- und rathlos, und es ließ sich nicht bezweifeln, daß der Flibustier, wenn er auf das Festland übersetzte, hier eben solche Erfolge erringen würde, wie in Sicilien. Wie aber war dem abzuhelfen, da die Gewalt der Waffen sich als nutzlos gezeigt hatte? Durch Intriguen; durch Demüthigung, denen man sich Piemont gegenüber unterwarf. Das Mittelchen schien auch nicht übel ersonnen zu sein, denn Cavour bestimmte den König Victor Emanuel, an Garibaldi einen Brief zu schreiben, durch den er ihn aufforderte, nicht weiter zu gehen, wenn der König von Neapel einwilligen sollte, Sicilien zu räumen und demselben die freie Wahl seiner Regierung zu überlassen.

Aber die Diplomatie war zu langsam für den feurigen Garibaldi, denn dieser war bereits im Besitze Messinas, als er das königliche Handschreiben empfing, und König Franz II. hatte also in Sicilien nichts mehr zu bewilligen.

Nur die Citadelle von Messina blieb noch in den Händen der Königlichen, und Garibaldi traf seine Vorkehrungen, auf das Festland überzusetzen, nachdem er Victor Emanuel geschrieben hatte, er müsse dießmal seinen Gehorsam verweigern, da das, was er als seine höchste Pflicht erachtete, erst zur Hälfte erfüllt sei.

Garibaldi's Feldzug in Neapel bis zu dem Einzuge Victor Emanuel in Neapel und der Auflösung der Südarmee.

Zu dem Angriffe auf das Festland hatte Garibaldi nicht mehr als etwa 12,000 Mann disponibel, unendlich wenig im Vergleich zu dem Heere Neapels, dessen Friedensstärke 56,375 Mann betrug, und dessen Verluste auf Sicilien nicht sehr zahlreich gewesen waren. Den Unterschied der Zahl mußte aber der in beiden Armeen herrschende Geist ausgleichen. Ueberdieß durfte Garibaldi mit Sicherheit auf verschiedene mittelbare oder unmittelbare Unterstützungen rechnen.

Nachdem Garibaldi durch mehrere geschickte Manöver den Feind über seine wahren Absichten irregeleitet hatte, führte er 4000 Mann unter dem Befehle Bixios am Abend des 19. August auf den beiden Dampfern Torino und Franklin nach dem Festlande über, und bestieg das Ufer in der Gegend von Capo dell' Armi. Am 20. griff Bixio die Besatzung von Reggio an, die am 23. gehen durfte, wohin sie wollte, nachdem sie alles Kriegsmaterial überliefert hatte.

Am 23. und 24. waren auf anderen Punkten auch Medici und Cosenz gelandet und zwangen den General Brigante nach kurzem Kampfe zu einer Capitulation, welche seine Truppen auflöste.

Zugleich mit der Landung Garibaldi's auf dem Festlande brach nicht nur in Calabrien, sondern auch in den meisten übrigen Provinzen die Insurrektion aus; die Truppen verweigerten zum Theil den Gehorsam, und wohin Garibaldi auf seinem Marsche gegen Neapel kam, da wurde er mit Jubel begrüßt.

An einem günstigen Erfolge endlich verzweifelnd verließ der unglückliche, schwache Franz II. am 6. September Neapel, um sich mit der Königin und einem kleinen Gefolge zur See nach Gaëta zu begeben, wo er den Rest seiner Truppen sammeln und einen letzten Widerstand versuchen wollte, bei dem er auf den Beistand des Auslandes hoffte, obgleich keine Macht vorhanden war, welche neben dem Willen auch die Mittel dazu besaß.

Franz II. nahm von Neapel durch ein Manifest Abschied, durch welches er verkündete, daß er die Hauptstadt nur verließe, um sie nicht den Schrecken des Krieges auszusetzen, und unmittelbar nach seiner Flucht wurde Garibaldi durch eine Deputation aus Neapel aufgefordert, seinen Einzug zu halten. Dieser erfolgte bereits am 7. September und sogleich ergriff er im Namen Victor Emanuels die Zügel der Regierung.

Die übrige Eroberung des Reiches kostete indeß noch einige Kämpfe. So fand am 19. Sept. ein Gefecht bei Capua statt, am 21. bei Cajazzo, und am 1. Oct. die Schlacht am Volturno, auf welche König Franz so große Hoffnung setzte, daß er am 4. October, als seinem Namenstage, wieder in Neapel einzuziehen gedachte. Um seine Truppen zu dem Kampfe zu begeistern, verhieß er ihnen die Plünderung aller Orte, die sie auf ihrem Wege von Capua nach Neapel berühren würden. Aber selbst dieses wahrhaft königliche Versprechen — denn es stellte für die Soldaten reiche Beute in Aussicht — führte den Sieg nicht für die Fahne des Königs herbei. Nach heißem Kampfe, der auf beiden Seiten viel Blut gekostet hatte, blieb Garibaldi Sieger, und schnell benutzte nun Victor Emanuel die in seinem Namen errungenen Vortheile. Er setzte sich in Person an die Spitze eines piemontesischen, von dem General Fanti commandirten Corps und rückte am 9. October auf das Gebiet Neapels ein. Am 26. traf der König bei der Taverne della' Catena mit Garibaldi zusammen, der ihm hier die beiden eroberten Königreiche zu Füßen legte. Aber er wurde nicht mit dem Danke belohnt, den er so reichlich verdient hatte.

Statt Garibaldi, wie ganz Italien es wünschte und deshalb auch hoffte, zum Militär- und Civilgouverneur von Süditalien zu ernennen, löste Victor Emanuel, nachdem er den 7. November an Garibaldi's Seite seinen Einzug in Neapel gehalten hatte, die Südarmee — welchen Namen Garibaldi's Schaaren inzwischen angenommen hatten — auf, wenn auch dieser Auflösung ein milderndes Mäntelchen umgehangen wurde, um die Sache nicht so hart erscheinen zu lassen, wie sie es in der That war, da man dieser Armee so außerordentliche Dienste verdankte.

Garibaldi im Zustande der Ruhe.

So war Garibaldi, nachdem er seinem Ziele: der Befreiung von ganz Italien, wieder einen gewaltigen Schritt entgegen gethan hatte, in einen Zustand augenblicklicher Ruhe versetzt; denn wirkliche, vollständige Ruhe wird es für ihn nur im Grab geben, im Leben aber nicht eher, als bis er sein volles Streben verwirklicht sieht.

Er kümmerte sich nach der Auflösung seiner tapfern Schaar nicht mehr um die kriegerischen Ereignisse in Süditalien, wo König Franz in Gaëta eine nutzlose Vertheidigung fortsetzte und in zahlreichen Banditenhaufen, welche Schandthaten aller Art verübten, seine Verbündeten fand.

Aber vollständiger Ruhe überließ Garibaldi sich ungeachtet dieser gezwungenen Unthätigkeit nicht, sondern war vielmehr rastlos bemüht, den Geist der Freiheit bei seinen Landsleuten wach zu erhalten, und sie das endliche Ziel: die Eroberung Roms zunächst, und nach dieser auch die Annexion Venedigs, nicht aus den Augen verlieren zu lassen. Wesentlich hielt er sich jedoch auf seinem geliebten Caprera auf, wo er theils zahlreiche Besuche seiner Freunde und Anhänger empfing, während er auch dann und wann zu politischen Zwecken Ausflüge nach verschiedenen Punkten Italiens machte, zuweilen in großer Heimlichkeit, zuweilen mit lautem Aufsehen durch die enthusiastischen Huldigungen, die ihm überall dargebracht wurden, wo die Bevölkerung von seiner Anwesenheit Kenntniß erhielt.

Auf Caprera führte Garibaldi in der größten Einfachheit ein wahrhaft patriarchalisches Leben, und hatte er bisher durch seine Kriegsthaten allgemeine Bewunderung erweckt, so stimmen Alle, welche den tapferen General hier in seiner Zurückgezogenheit als friedlichen Bürger näher kennen lernten und sich seines vertrauteren Umgangs zu erfreuen hatten, darin überein, daß er durch seine Bescheidenheit und die Eigenschaften des Herzens wie des Gemüthes, Liebe gewinnen mußte.

Garibaldi griff um diese Zeit nur wenig in das öffentliche und politische Leben Italiens ein, und stand demselben scheinbar fern; dabei zeigte sich indeß überall sein Eifer für die Sache seines Vaterlandes und seine Erbitterung gegen Napoleon III., dem er es nicht verzeihen konnte, daß er sein geliebtes Nizza von Italien abgerissen und ihn so gewissermaßen heimathlos gemacht hatte, denn nimmermehr würde Garibaldi sich entschließen, Ludwig Napoleon als seinen Kaiser anzuerkennen. Keine Gelegenheit ließ er vorübergehen, daran zu mahnen, daß der Mann des 2. Dezember, statt sein Wort: „Frei bis zur Adria!“ zu erfüllen, ein Stück Italien abgerissen hätte, um es für sich zu nehmen.

Garibaldi trachtete daher auch aus allen Kräften dahin, das nachzuholen, was Napoleon versäumt hatte, und unverholen forderte er seine Landsleute auf, nicht eher zu rasten, bis zunächst Rom, und dann auch Venedig erobert sein würde. Als Mittel dazu betrachtete er die Wehrhaftmachung des gesammten Volkes und zu diesem Zwecke errichtete er im ganzen Lande Schützenbunde, die, eng unter sich verbunden, und anerkannt zu politischen Zwecken begründet, die Mittel bieten sollten, im entscheidenden Augenblicke die ganze Nation unter die Waffen zu rufen.

Natürlich sah der Kaiser der Franzosen dieß Gebahren Garibaldi's, der ihm so offen Opposition zu machen wagte und bei seinen Aeußerungen durchaus kein Blatt vor den Mund nahm, mit großem Unwillen, und er war die Veranlassung, daß Garibaldi in heftige Feindschaft mit dem Ministerium Ratazzi gerieth, dem man in der That den Vorwurf machen darf, daß es sich wesentlich dem Willen des französischen Herrschers fügt. Deshalb darf man aber Ratazzi noch nicht den Mangel an Patriotismus oder gar Vaterlandsverrätherei Schuld geben, wie dieß Garibaldi thut, dessen ungestümem Charakter das vorsichtig langsame Vorgehen Ratazzis nicht zusagt.

Immer ungestümer wurden daher seine Mahnungen, mit der Vernichtung der weltlichen Macht des Papstes nicht länger zu zögern, und als er damit bei dem Ministerium nicht durchdringen konnte, wendete er sich an das Volk, welches seiner Stimme überall mit enthusiastischem Jubelruf antwortete.

Da ließen endlich vor einigen Wochen die Zeitungsnachrichten, so unbestimmt, verworren und einander widersprechend die Mittheilungen auch lauteten, nicht daran zweifeln, daß Garibaldi den verwegenen Entschluß gefaßt, wie er Sicilien und Neapel auf eigene Faust erobert hatte, dieß auch bei Rom zu thun.

Allem Anschein nach hat ihn bei der Entwerfung dieses Planes der Erfolg seiner früheren Unternehmungen geblendet, und so wenig er daran zweifeln darf, daß bei dem so eben begonnenen Unternehmen die ungeheure Mehrzahl der Nation hinter ihm steht, so wahrscheinlich es sogar ist, daß er die geheimsten Gedanken des Königs für sich hat, trägt er doch offenbar zu wenig dem Umstande Rechnung, daß er es in Rom nicht, wie in Neapel, mit einem schwachen Könige und einem demoralisirten Heere zu thun hat, sondern mit einem sehr entschlossenen Kaiser und den besten Truppen.

Käme es bei Rom auch nur darauf an, mit den einheimischen Elementen zu Ende zu kommen, so wäre die Arbeit leicht und auch gewiß schnell gethan, und zögen die Franzosen heute aus Rom ab, so bedürfte dieses vielleicht kaum eines Beistandes von Außen, um die verrottete und verstockte weltliche Herrschaft des Papstes in Trümmer zu schlagen. Leider aber läßt sich nicht erwarten, daß Napoleon seine Truppen eben jetzt aus Rom zurückziehen werde. Hat er doch schon offen gesagt, dieß würde das Ansehen haben, als wiche er einer Drohung Garibaldi's, was seine Würde und seine Ehre nicht erlaubten, und in der That kann man ihm darin nicht ganz Unrecht geben. Da er aber zugleich angedeutet hat darauf, so beruht beinahe die einzige Hoffnung, den drohenden Zusammenstoß vermieden zu sehen, daß er Rom bald räumen würde, daß Garibaldi sich durch diese Andeutungen noch einmal zur Geduld bewegen läßt, und einige Zeit zuwartet, ob Napoleon das erfüllen wird, was er allerdings nicht unmittelbar versprach, aber doch sehr deutlich in Aussicht stellte. Aber selbst in diesem glücklichsten Falle wird die Geduld des italienischen Volksmannes sich auf keinen Fall mehr lange hinhalten lassen.

Die neuesten Ereignisse.

Richten wir nun auf die neuesten Ereignisse, welche in diesem Augenblicke ganz Europa in Spannung erhalten, einen allgemeinen Ueberblick, so weit dieß bei dem Mangel vollkommen zuverlässiger Nachrichten und der Masse einander widersprechender Mittheilungen möglich ist, so ist der Lauf derselben in aller Kürze folgender:

Nachdem ein Putsch gescheitert war, den die Partei der That gegen Wälschtyrol beabsichtigt hatte, bei dem aber Garibaldi seine unmittelbare Betheiligung entschieden in Abrede stellte, trat dessen Feindschaft gegen den Minister Ratazzi immer schärfer hervor. Er machte Rundreisen in dem ganzen Lande, um das Volk auf einen nahen Kampf aufmerksam zu machen, und zu der kräftigsten Theilnahme an demselben aufzufordern. Dabei wurden seine Ausfälle gegen Ludwig Napoleon immer heftiger, so daß dieser bei der Turiner Regierung darauf antrug, ihm diese Aufwiegelungen zu verbieten und wohl gar ihn nach Caprera zu verweisen. Die Turiner Regierung lehnte dieß indeß ab, da sie sehr richtig sagte,

Garibaldi habe sich bis jetzt noch nichts Ungesetzliches zu Schulden kommen lassen, gegen das Mißliebige von dessen Schritten aber könne sie nach den bestehenden Gesetzen nicht einschreiten, so unzufrieden sie auch selbst mit dem Gebahren Garibaldi's sei; sollte er indeß den Boden des Gesetzes verlassen, dann würde die Regierung nicht ermangeln, mit aller Strenge gegen ihn einzuschreiten.

Und nicht lange sollte es währen, bis Garibaldi Gelegenheit zu diesem Einschreiten gab, welches gleichwohl nicht mit jener Schnelligkeit und Entschiedenheit erfolgte, welche der Kaiser der Franzosen gewünscht haben dürfte, der in Garibaldi vielleicht seinen gefährlichsten Feind erblickt.

Anfang Juli d. J. ging Garibaldi von Oberitalien nach Sicilien, und Palermo, wo er wahrhaft vergöttert wird, zu seinem Mittelpunkte wählend, machte er von hier aus ähnliche Rundreisen auf Sicilien, wie er sie bisher in Oberitalien gehalten hatte. Der Zweck war hier der gleiche, wie dort, und Anfangs blieben die Agitationen friedlicher Natur; bald aber nahmen sie einen gewaltsameren Charakter an, und Alles deutete darauf hin, daß es dießmal nicht nur den Vorbereitungen zu einem gewaltsamen Umsturze der weltlichen Macht des Papstes galt, sondern einem unmittelbaren Angriffe der Waffengewalt zu diesem Zwecke.

Unterstützt mochte Garibaldi in seiner Absicht vielleicht dadurch werden, daß inzwischen die so lange ersehnte Anerkennung des Königreichs Italien durch Rußland und Preußen erfolgt war, und daß er darin vielleicht eine

— obwohl sehr unsichere — Bürgschaft für das Fortbestehen der neubegründeten italienischen Monarchie erblickte. Gewisses läßt sich indeß darüber nicht behaupten, denn trotz aller Offenheit und Ehrlichkeit des Charakters steht Garibaldi doch in Beziehung auf die Verdeckung seiner Mittel und Pläne zur Erreichung des offen eingestandenen Zielpunktes seinem kaiserlichen Gegner würdig zur Seite. So herrscht denn auch im gegenwärtigen Augenblicke über die Details seines offenbar auf Rom gerichteten Zieles noch undurchdringliches Dunkel.

Unterstützt wurde Garibaldi durch zahlreiche Manifestationen, die in Rom von der Bevölkerung gegen die weltliche Herrschaft des Papstes erfolgten — ganz besonders aber durch die unablässigen Gräuel, welche die von Franz II. offen und heimlich besoldeten Räuberbanden in Neapel ausübten. Durch diese Ursachen fühlte er sich bestimmt, entschlossen vorwärts zu gehen auf der beschriebenen Bahn, ungerechnet noch geheime Anspornungen, die außer Zweifel sind.

Zu schüchtern oder zu schwach, um mit Entschiedenheit gegen Garibaldi einzuschreiten, forderte die Regierung ihn auf, von dem offen eingestandenen oder mindestens nicht mehr zu leugnenden Plane eines gewaltsamen Angriffes auf Rom abzustehen; aber er weigerte sich entschieden, diesem Verlangen nachzugeben, wenn er auch wiederholt die heiligsten Versicherungen gab, daß er keinen Gedanken hege, einen Bürgerkrieg entzünden zu wollen, oder die Absicht zu haben, als Rebell gegen den von ihm hochverehrten König Victor Emanuel auftreten zu wollen, den er unablässig als das Palladium der italienischen Freiheit und Einigkeit darstellte.

Ueberall wurden, in Sicilien nicht nur, sondern in ganz Italien, zum Feldgeschrei die Worte Garibaldi's: „Rom oder der Tod!" die derselbe in einer Rede aussprach, die er in Palermo hielt, und welche, vielfach entstellt, und mit fremden Zuthaten aufgeputzt, gewaltigen Lärm schlug, besonders, weil er sich dabei nicht nur der beleidigendsten Aeußerungen gegen Napoleon III. bedient, sondern auch gesagt haben sollte, „im schlimmsten Falle würde er das Italien, welches er begründete, auch wieder zertrümmern."

Diese Aeußerung, welche bald als eine Erfindung verläumderischer Feindschaft dargethan wurde, sollte beweisen, daß Garibaldi sich im Aufstande gegen den König Victor Emanuel befände, obgleich er fortwährend aussprach, daß seine Rüstungen die Verletzung der dem Könige geschworenen Treue keineswegs zum Zwecke hätten. Gleichwohl konnte die Turiner Regierung natürlich so offenbare Rüstungen einer bewaffneten Macht, die sich von ihr unabhängig betrachtete, auf ihrem Gebiete nicht dulden. Es wurden daher zahlreiche Truppen nach Sicilien dirigirt, und obgleich die Freiwilligen, welche Garibaldi um sich gesammelt hat, die Zahl von 10,000 kaum erreichen sollen, hielten die königlichen Generale eine Macht von 60,000 Mann für erforderlich, um mit Erfolg das unterdrücken zu können, was ein Aufstand genannt wird, obgleich Garibaldi's Patriotismus viel zu rein und uneigennützig ist, um an die Entzündung eines Bürgerkrieges zu denken. Nur beharrt er eisenfest darauf, auch ohne den offenen Beistand der Regierung das durchzuführen, was er zum Heile seiner Nation für unerläßlich hält.

Der drohenden Gestaltung der Dinge ungeachtet hat aber bisher noch kein feindlicher Zusammenstoß zwischen den Schaaren Garibaldi's und den königlichen Truppen stattgefunden; auch sind Viele der Meinung, die Truppen würden sich entschieden weigern, gegen den bewunderten Helden gewaltsam einzuschreiten, wie denn auch einzelne Abtheilungen sich bereits für ihn erklärt haben sollen.

Unmöglich aber kann jetzt eine Entscheidung nach der einen oder der andern Seite hin noch lange auf sich warten lassen, denn unter dem 21. August wurde Sicilien in Belagerungszustand erklärt, und der General Cugia mit unbeschränkter Machtvollkommenheit zum königlichen Commissär ernannt.

Das officielle Decret, durch welches der Belagerungszustand über die Insel verhängt wird, sagt:

Trotz der ermahnenden Worte des Königs, und ungeachtet die Langmuth der Regierung Garibaldi Zeit gelassen habe, von seinen Illusionen zurückzukommen, habe derselbe bewaffnete Banden um sich versammelt und durch die Besetzung einer Stadt sich der Rebellion schuldig gemacht. Die Regierung sei daher fest entschlossen, einen Zustand der Dinge nicht zu dulden, der die ganze Existenz Italiens bedrohe, und werde mit aller Kraft gegen die bewaffneten Banden vorgehen. — Zugleich ist durch das Decret die Preßfreiheit aufgehoben, und den Commandanten der Truppendivisionen in Messina, Syrakus und Palermo ist die bürgerliche Gewalt neben der militärischen verliehen worden.

Man darf daher in den nächsten Tagen höchst wichtigen Nachrichten aus Italien entgegensehen, sei es, daß der Sturz des Ministeriums Ratazzi für die Unternehmung Garibaldi's freie Hand schafft, sei es, daß dieser wirklich durch den offenen Kampf gegen die königlichen Truppen den Bürgerkrieg entzündet.

Inhaltsverzeichniß.